Tucholsky Wagner Zola Sc... Sydow Freud Schlegel
Turgenev Fonatne Wallace
Twain Walther von der Vogelweide Fouqué Friedrich II. von Preußen
Weber Freiligrath Frey
Fechner Weiße Rose von Fallersleben Kant Ernst Frommel
Fichte Richthofen
Hölderlin
Engels Fielding Eichendorff Tacitus Dumas
Fehrs Faber Flaubert
Eliasberg Ebner Eschenbach
Feuerbach Maximilian I. von Habsburg Fock Zweig
Ewald Eliot Vergil
Goethe London
Elisabeth von Österreich
Mendelssohn Balzac Shakespeare Dostojewski Ganghofer
Lichtenberg Rathenau Doyle Gjellerup
Trackl Stevenson
Mommsen Tolstoi Hambruch Droste-Hülshoff
Thoma Lenz Hanrieder
Dach von Arnim Hägele Hauff Humboldt
Verne
Karrillon Reuter Rousseau Hagen Hauptmann Gautier
Garschin
Defoe Baudelaire
Damaschke Hebbel
Descartes
Hegel Kussmaul Herder
Wolfram von Eschenbach Dickens Schopenhauer
Darwin Grimm Jerome Rilke George
Bronner Melville
Campe Horváth Aristoteles Bebel Proust
Voltaire Federer
Bismarck Vigny Barlach Herodot
Gengenbach Heine
Storm Casanova Tersteegen Grillparzer Georgy
Gilm
Chamberlain Lessing Langbein Gryphius
Brentano Lafontaine
Claudius Schiller Kralik Iffland Sokrates
Strachwitz
Katharina II. von Rußland Bellamy Schilling
Gerstäcker Raabe Gibbon Tschechow
Löns Hesse Hoffmann Gogol Wilde Vulpius
Gleim
Luther Heym Hofmannsthal Morgenstern
Klee Hölty
Roth Heyse Klopstock Kleist Goedicke
Luxemburg Puschkin Homer Mörike
La Roche Horaz Musil
Machiavelli Kraft Kraus
Navarra Aurel Musset Kierkegaard
Lamprecht Kind Hugo Moltke
Nestroy Marie de France Kirchhoff
Laotse Ipsen Liebknecht
Nietzsche Nansen
Marx Ringelnatz
von Ossietzky Lassalle Gorki Klett Leibniz
May
Petalozzi vom Stein Lawrence Irving
Platon Knigge
Sachs Pückler Michelangelo Kafka
Poe Kock
Liebermann Korolenko
de Sade Praetorius Mistral Zetkin

Der Verlag tredition aus Hamburg veröffentlicht in der Reihe **TREDITION CLASSICS** Werke aus mehr als zwei Jahrtausenden. Diese waren zu einem Großteil vergriffen oder nur noch antiquarisch erhältlich.

Symbolfigur für **TREDITION CLASSICS** ist Johannes Gutenberg (1400 — 1468), der Erfinder des Buchdrucks mit Metalllettern und der Druckerpresse.

Mit der Buchreihe **TREDITION CLASSICS** verfolgt tredition das Ziel, tausende Klassiker der Weltliteratur verschiedener Sprachen wieder als gedruckte Bücher aufzulegen – und das weltweit!

Die Buchreihe dient zur Bewahrung der Literatur und Förderung der Kultur. Sie trägt so dazu bei, dass viele tausend Werke nicht in Vergessenheit geraten.

Ein Jahresring

Hugo Marti

Impressum

Autor: Hugo Marti
Umschlagkonzept: toepferschumann, Berlin

Verlag: tredition GmbH, Hamburg
ISBN: 978-3-8424-0932-3
Printed in Germany

Rechtlicher Hinweis:
Alle Werke sind nach unserem besten Wissen gemeinfrei und unterliegen damit nicht mehr dem Urheberrecht.

Ziel der TREDITION CLASSICS ist es, tausende deutsch- und fremdsprachige Klassiker wieder in Buchform verfügbar zu machen. Die Werke wurden eingescannt und digitalisiert. Dadurch können etwaige Fehler nicht komplett ausgeschlossen werden. Unsere Kooperationspartner und wir von tredition versuchen, die Werke bestmöglich zu bearbeiten. Sollten Sie trotzdem einen Fehler finden, bitten wir diesen zu entschuldigen. Die Rechtschreibung der Originalausgabe wurde unverändert übernommen. Daher können sich hinsichtlich der Schreibweise Widersprüche zu der heutigen Rechtschreibung ergeben.

Text der Originalausgabe

Hugo Marti

Ein Jahresring

Roman

Basel • Im Rhein-Verlag • Leipzig
1 • 9 • 2 • 5

Winter

Früh und plötzlich überfällt heute der Winterabend den Hof. Die weißen Häuser auf Lysenstöa stehen nun grau im Schnee, der rote Stall ragt dunkel auf. Hinter dem Hofgatter schließen sich die Tannen enger zusammen. Aber nicht aus dem Walde, der weit hinauf über die buckligen Hänge sich dehnt, kommt die Nacht; sie steigt auf leisen Sohlen von der Fjordbucht empor und schleppt hinter sich her die Nebelschwaden über den grauen See. Die Kämme der jenseitigen Berge sind schon in ihrer Dämmerung verloren; ferne Lichter aus Hofstuben und Stallfenstern sitzen und blitzen wie matte Funken in den Falten ihres hüllenden Mantels.

Rolf hebt abwehrend die Hand. Er steht am Fenster, am breiten, niederen Fenster seiner Stube im Lehrerhaus, das man ihm angewiesen hat, wie er vor zwei Jahren auf Lysenstöa eingezogen ist. Es ist nicht groß, das Lehrerhaus, und ist das äußerste unter den vielen Gebäuden auf dem Hof: steil fällt vor ihm der Hang hinab mit Weidland, Aeckern und Wald bis zur Seebucht. Es besteht nur aus zwei Stuben, aus Rolfs Wohnkammer und aus dem weißgetünchten Raum nebenan, wo er die beiden Bauernbuben jeden Morgen unterrichtet.

Nun kehrt er sich vom Fenster ab, wandert durch die Stube, bis zum schwarzen eisernen Ofen, packt ein Scheit weißberindetes Birkenholz, schiebt es in die rotgraue Glut und schmettert die kreischende Ofentüre wieder zu. Er wandert zurück zum Fenster, sechs Schritte abgemessen, dreht sich auf dem Absatz der rechten Sohle herum, wandert zum Ofen, sechs Schritte, wendet und wandert, wendet und wandert. Er hat den Kopf leicht gesenkt, hebt ihn nur etwa, um kurz in den dämmerigen Abend hinauszublicken, und starrt dann wieder auf die braungemalten Holzdielen, über die seine Füße gehen, und auf die langen bunten gewobenen Teppiche, die er im Wandern streift.

Jäh biegt er aus seiner Bahn. Er tritt zum Tisch, einem kleinen Tisch aus hellem Tannenholz, den beschriebene und noch leere Blätter bedecken. Er setzt sich schwer auf den Stuhl davor, streckt seine Beine langhin, legt den Kopf zurück auf die harte Lehne, greift mit der Hand nach einem Papierblatt und hebt es ins schwindende

Licht über die Augen empor. Jetzt reißt er sich heftig auf, springt auf die Beine, schlägt das Blatt mit der Faust auf die Tischplatte, redet ins stille Zimmer, ins stille Haus, in den stillen Abend hinein:

»Ich müßte wenigstens noch das Datum hinschreiben, hier darunter, den Tag, an dem ich zuletzt gearbeitet habe. Es war am – am achtundzwanzigsten, einundzwanzigsten, vierzehnten, siebenten – am sechsten November also. Am siebenten war die Wende, der Knacks, die Lähmung. Sechsten November; Lysenstöa. Schreiben wir, als ob es vollendet wäre. Ist es nicht vollendet? Seither keine Zeile, kein Wort. Noch etwa zehn Seiten, dachte ich mir damals. Aber Dagny wollte es anders. Ihre Hand zog den Strich; meine schreibt ein müdes Datum darunter.«

Seine Finger suchen die Feder unter den wirr durcheinandergewühlten Blättern; da hört er, wie plumpe Schuhe auf dem Steinpflaster der Hauswand entlang stolpern. Er ist in zwei Schritten am Fenster, das auf den Hof hinausgeht, reißt es auf und ruft in die graue, schneefeuchte Abendluft: »Bist du es, Jens? Bist du zurück? Hast du den Brief bestellt? Ja, komm herein.«

Er schließt das Fenster, hastig, doch mit sicheren Griffen, schiebt die Blätter auf dem Tisch zusammen, legt ein Buch darüber, schaut nach der Türe hin, die sich langsam auftut. Da steht Jens, dunkel vor der Dämmerung, gebückt unter dem Gebälke; er trägt seine Holzsäge in der Hand und die Pelzmütze tief auf dem Kopf, bis zu den Augen und halb über die Ohren herunter. Er schlägt mit den Schuhen an die steinerne Schwelle, daß der Schnee in Klumpen abfällt.

Rolf hält sich mit beiden Händen hinter dem Rücken am Tisch und fragt ihn nochmals: »Also, du hast meinen Brief abgegeben?«

Jens bleibt im Rahmen der Türe stehen; die Säge stützt er behutsam auf die Schwelle. Er hebt die linke Hand und erzählt: »Ich ging hin, mitten über den Försterhof, die Holztreppe hinauf. Per schrie mir aus der Scheune zu: Wo willst du hin, Jens? Ich drehte mich nicht um. Mitten über die Treppe empor ging ich, schlug den Schnee in den Tannenzweigen, die vor der Glastüre liegen, von meinen Schuhen und öffnete die Türe. Es war warm drinnen, schon ehe man in den Flur trat.«

»Du hast den Brief bestellt?«, fragt Rolf zum drittenmal und unterbricht die Erzählung.

Jens blickt auf und sieht den jungen Mann an. Er sagt: »Ja, Herr Kandidat.«

»Gut, danke.« Rolf geht zum Fenster. Er reckt sich höher empor. Dann wendet er sich zum Alten: »Aber es wird ja ganz kalt hier drinnen; du läßt ja die Tür offen stehen. Hast du noch etwas zu sagen?«

»Zu sagen? Ja, natürlich. Vielleicht. Ich war schon früher einmal dort gewesen, vor Jahren, – es mögen sieben Jahre schon her sein. Ich spielte damals drinnen im Saal. Die Frau saß am Flügel, die Gattin des Försters; sie war von der Südküste irgendwoher, wo ich auch geboren bin. Ich stand neben ihr, und wir musizierten den ganzen Abend lang. Sie dankte mir mit der Hand; es waren viele Menschen zugegen. Damals waren stets viele Menschen auf dem Försterhof. Die Frau wollte es so, die Gattin des Försters. Heute aber, als ich in den Flur trat –«

»So komm doch endlich herein; ich sage ja, es wird ganz kalt.«

»Danke bestens.« Jens verbeugt sich leicht auf der Schwelle, wo er steht, tritt herein, schiebt die Türe hinter sich zu, drückt sie mit dem Rücken ins Schloß und bleibt davor stehen. Er hebt die Hand zum Kopf hinauf: »Entschuldigen Sie, Herr Kandidat, wenn ich meine Pelzmütze nicht abnehmen kann.«

»Nein, behalte sie nur auf dem Kopf.« Rolf tritt näher zu ihm. »Ja, hast du dir die Haare geschoren? Glatt geschoren, sehe ich? Mitten im Winter?«

Jens lächelt nachsichtig: »Einmal muß es wohl sein.«

Rolf zuckt die Achseln. »Ich hätte doch damit zugewartet, Jens. Bis in den Frühling vielleicht.«

Der Alte widerspricht leise: »Nein. Ich sagte mir: besser jetzt, wo sowieso alle ihre Mützen auf den Köpfen tragen müssen. Im Frühjahr habe ich wieder mein langes Haar. Da kommen manchmal die Fremden durch unser Tal, Städter, – Gott weiß, wer einmal kommen könnte. Sie würden auf mich nicht anders sehen als auf die Bauern, wenn ich nicht mein langes Haar hätte. So fragen sie, und man gibt ihnen Bescheid: das ist Jens, der Spielmann. Haben Sie bemerkt, die Bauern sagen: der Spielmann. Ich habe sie früher einmal gebeten, zu sagen: Jens, der Musiker, oder der Geigenkünstler. Aber sie verstehen es wohl nicht besser oder mögen nicht. Sie sagen immer noch: der Spielmann –.«

Rolf wird wieder ungeduldig. »Nun ja«, sagt er. »Wie war das mit dem Brief?«

»Mit dem Brief?«

»Den du bestellen solltest. Du standest im Flur –«

Jens nickt. »Ich stand und wartete eine Weile. Da kein Mensch kam, klopfte ich an die Zimmertüre rechts. Ich kenne die Türen von früher. Man rief: Komm. Eine leise Stimme sagte: Komm. Ich wußte ja, daß die Stube sehr groß ist. Ich ging hinein und verbeugte mich gleich bei der Türe. Weit weg, am äußersten Fenster saß sie und nickte ein klein wenig.«

»Saß wer?«, fragt Rolf und schaut dem Alten ins Gesicht.

»Fräulein Dagny, und nickte ein klein wenig.«

Rolf wendet sich weg, geht zum Fenster. »Ja –. Und du gabst ihr den Brief?«

»Nein doch. Ich stand ja bei der Türe. Nun ging ich zu ihr hin. Die Säge hatte ich vor der Tür in die Ecke gestellt, um nicht behindert zu sein. Ich verbeugte mich noch einmal und sagte: Ich habe die Ehre, Ihnen einen Brief zu überbringen. Und ich reichte ihr den Brief. Sie nahm ihn – nein: riß ihn mir aus der Hand.«

»Sagte sie nichts?«

»Ja, doch, sie fragte rasch: Von Rolf? Ich antwortete nicht, da sie schon zu lesen begonnen hatte. Ich stand und hatte Zeit, das Fräulein zu betrachten. Ich habe sie ja gekannt, als sie ganz jung war. Nun ist sie so ganz anders. Sie ist ja auch weg gewesen, einen Winter, in der Stadt. Ich studierte sie genau, während sie las, während ihre Augen über die Seiten flogen. Sie schien nicht so erfreut zu sein, wie ich dachte. Nein, sie war eher etwas –«

»Ja, also.« Rolf geht wieder im Zimmer auf und ab. Jens schweigt und folgt ihm mit den Blicken langsam. »Nein, sprich nur weiter.«

»Eher etwas erregt. Sie stand auf. Ist Rolf zu Hause?, fragte sie mich. Er war zu Hause, als er mir den Brief gab, antwortete ich, um genau zu sein.«

Rolf bleibt stehen und wendet den Kopf zum Alten hin. »Ich schrieb ja, ich würde zu Hause bleiben. Ich hätte zu arbeiten. Ich könne nicht kommen, wolle nicht kommen.«

Jens hebt die Hand, wischt sich über die Augen, blinzelt. »Ja, das stand wohl in dem Brief. Denn Fräulein Dagny erhob sich rasch und ging aus dem Zimmer, ohne mich anzusehen. Ich denke mir, sie kommt hierher. Ich habe den bestimmten Eindruck –«

»Hierher? Sagte sie so etwas?«

»Nein, sie lief aus dem Zimmer; vielleicht weinte sie. Ich blieb allein zurück in meiner Verwunderung.«

Rolf steht vor dem Alten. »Hierher? Aber ich schrieb ja, ich wolle arbeiten? Ich hätte keine Zeit –. Ja, du siehst, ich habe also zu tun.« Er weist mit der Hand nach dem Tisch. Jens rührt sich nicht. »Du hast wohl auch deine Arbeit?«

Jens zuckt zusammen. »Ich soll Holz sägen, Ja. Ich gehe nun.« Er nimmt die Säge unter den Arm und dreht sich zur Türe hin. Da Rolf am Fenster steht und ihn nicht sieht, geht er hinaus.

Nun hat sich der Abend in der Stube breit gemacht. Er hat die Dinge, die zusammengehören, auseinandergestellt, hier das Bett, dort den Tisch, da den Menschen. Jedes ist allein.

Rolf öffnet rasch die Türe und ruft hinaus: »Jens, hör einmal. Komm zurück. Du kannst gut noch eine Weile hierbleiben. Es eilt wohl nicht so mit dem Holzsägen. Hier, setz dich.« Er schiebt den Alten zum Sofa, das zwischen Bett und Buchspind steht, und setzt sich ihm gegenüber auf den Stuhl zum Tisch. Seine Hände fahren über die Blätter, die dort aufgestapelt sind. Sie holen zwei Zigarren aus der Schachtel und legen eine vor den Alten hin. »Steck dir diese an.«

Jens schüttelt den Kopf. »Nein, danke, ich rauche nicht. Warum sollte ich freiwillig etwas in mir abtöten? Ein Künstler muß alle Sinne rein behalten, solange es geht. Bin ich ein Selbstmörder?«

»Na«, sagt Rolf und bläst sein Streichholz aus. »Trinkst du auch nicht?«

Jens lächelt unsicher vor sich hin. »All das kostet Geld, Herr Kandidat.«

Da schlägt Rolf mit der flachen Hand auf den Tisch. »Nenn mich doch nicht immer Kandidat. Ich bin Student. Ich unterrichte zwei Bauernbuben, um mir ein wenig Geld zu verdienen. Sonst bin ich nichts.«

Jens nickt. »Ich weiß, ich weiß. Aber ich nenne Sie gern den Herrn Kandidaten. Was tuts? Sie können mich ruhig Herr Kapellmeister nennen; es macht mich nicht verlegen. Ich war einmal auf dem Wege dazu, wie Sie jetzt auf dem Wege zum Kandidaten sind. Ich hätte etwas Großes werden können, sehen Sie. Ich spiele so gut wie ein anderer; denn ich weiß, was gut spielen heißt. Sie hörten vielleicht schon, daß ich in der Stadt spielte, vor Jahren?«

»Ja, ich glaube; warum gingst du eigentlich nicht weiter? Wurdest Taglöhner hier oben?«

Jens wiegt den Kopf hin und her. »Ja, warum? So kann man fragen.« Er lächelt. »Es sind so viele Gründe. Ich denke manchmal darüber nach. Hören Sie: das Leben hat mir ein Bein gestellt. Ich verheiratete mich.«

Erstaunt sieht ihn Rolf an. »Bist du verheiratet?«

»Ich war es.«

»Ist deine Frau gestorben?«

»Nein, sie lebt. Ich denke, sie lebt.«

»Geschieden?«

»Nein; ich fand keinen Anlaß dazu. Ich schickte sie weg. Das heißt – nein, es ist ja nicht ganz wahr. Ich ging weg, ich; verstehen Sie? Ja, ich verließ sie. Aber da war es schon zu spät.«

Rolf legt seinen Kopf auf die Stuhllehne zurück und läßt den Rauch aus offenen runden Lippen zur weißen Decke emporsteigen. Dann sagt er: »Ich verstehe nicht recht.«

»Doch, es war zu spät. Ich bin sicher, hätte ich sie früher verlassen, wäre es noch gut gekommen. Ich säße nicht hier, mit einer Säge –! Ich wäre vielleicht das geworden, was ich hätte werden können.«

Nach einer Weile fragt Rolf: »Also du meinst, man sollte sich nicht verheiraten?«

Jens streckt beide Hände vor sich hin, abwehrend. »Man, man –! Wer spricht denn von den andern? Ich spreche von mir.« Es ist still in der Stube. »Die andern mögen tun, was sie wollen.« Wieder ist es still. Plötzlich hebt der Alte den Kopf. »Ich hörte zufällig, Sie seien verlobt, Herr Kandidat?« Rolf regt sich nicht, antwortet nicht. Aber Jens steht feierlich auf, verbeugt sich und sagt: »Darf ich Ihnen Glück wünschen?« Rolf dankt nicht. Mit leeren, erschrockenen Augen setzt sich der Alte wieder hin und schweigt. Jetzt ist es dunkel geworden.

Das ist der frühe Winterabend in den einsamen Stuben. Er macht, daß Dinge und Menschen sich verlieren, die aneinander gewöhnt waren und zueinander gehörten, und er macht, daß andere sich finden, die nie sich suchten. Er ist stärker als die Dinge und Menschen. Ihm widerstreben, sich gegen ihn auflehnen wollen –, es nützt nichts.

Nach einer langen Weile – Jens fährt aus seiner Sofaecke empor, denn er hat nicht gemerkt, was in der Stube vorging – ist plötzlich Licht da: eine weiße, milde Lampe mitten auf dem Tisch. Rolf hat sie behutsam herbeigetragen. Und ihr Licht fließt rings herab über Bücher, Papiere, den weißen gehobelten Tisch, über die Kniee der beiden Männer und über die bunten Ueberzüge auf Sofa und Stuhl. Ihr Licht bindet einen goldenen Faden um das Nächste. Aber die Gesichter bleiben draußen, bleiben im Schatten. Und des Alten Finger, die auf dem Tisch in den Blättern gespielt haben, ohne es zu wissen, ziehen sich überrascht aus dem Lichtschein zurück. Aber sein Mund verrät die stillen Gedanken.

»Ich dachte es mir wohl, daß Sie schreiben. Gedichte. Sie sind also auch so etwas wie ein Künstler.«

Rolf steht auf, fegt die Papiere zusammen, läßt sie in die Schieblade fallen. »Ich habe einmal geschrieben, ja.«

Jens faltet die Hände. »Es ist vorüber? Schon vorbei? Dann sind Sie also auch einmal Künstler gewesen. Und so jung schon damit fertig. Sehen Sie mich an, Herr Kandidat. Ich bin es noch, trotz allem bin ich es noch. Das Leben hat mich nicht untergekriegt. Es ist mit mir, wie mit einem Schiff, ja, genau so –.«

»Wie mit einem Schiff? – Rauch doch, Jens. Hier, es kostet ja nichts.«

Nun schiebt der Alte lächelnd die Zigarre zwischen die schmalen Lippen. »Danke, danke bestens.« Er hält das Streichholz hinter knochigen, krummen Händen, pafft laute Rauchwolken in den Lichtkreis hinein und schmunzelt. »Ja, gerade wie mit einem Schiff, das auf eine Klippe gefahren ist. Die Menschen sagen, es ist untergegangen. So steht es in der Zeitung. Es ist auch untergegangen, in Stücke zerschmettert, die Ladung in die Tiefe gesunken. Aber draußen, irgendwo im Weltmeer, schwimmt noch eine Planke oder ein Mast, – ja, der Mast mit der Flagge darauf, mit dem farbigen, schönen Wimpel. Das ist doch die Hauptsache vom Schiff; und sie schwimmt.«

»Ja, meinst du?« Rolf lacht, laut und lange.

»Die Hauptsache, die Hauptsache! Ein Fetzen buntes Tuch oben auf einer langen Stange. Nur das Wahrzeichen vom untergegangenen Schiff. Hat damit gar nichts zu tun, treibt nicht, steuert nicht, – gar nichts!«

Jens bleibt ernsthaft, hebt beschwörend die Hand. »Es ist das Höchste vom ganzen Schiff gewesen, Herr Kandidat. Alles andere zählt nicht.«

Sie schweigen. Dann fragt Rolf – und sein Blick geht zum Fenster hinüber, das dunkel in der Wand steht –: »Hör mal, Jens, nachdem du deine Frau weggeschickt hattest –«

Der Alte unterbricht ihn rasch: »Es ist also nicht genau so zugegangen. Ich schickte sie nicht weg. Es mangelte mir wohl an Mut dazu, um die Wahrheit ehrlich zu sagen. Ich ging weg, nicht sie.«

»Gut, nachdem du also von ihr weggegangen warst, ist sie da später je noch einmal zu dir gekommen?«

Jens schüttelt lächelnd den Kopf, hebt die Augen: »Nein, Herr Kandidat, nein. Ich sank ja auch immer tiefer. Aeußerlich, meine ich. Das Wrack sank. Wäre ich berühmt geworden, wer weiß –? Aber den Wimpel schätzte sie nicht.«

Rolf beugt sich plötzlich über den Tisch, nach dem Alten hin; sein Gesicht taucht ins Licht und ist hart und böse. »Ich schrieb also in dem Briefe: nein, ich hätte keine Zeit, müßte arbeiten, glaubte endlich wieder arbeiten zu können. War das nicht deutlich genug?«

Der Alte zögert erschrocken mit der Antwort. Dann lächelt er wieder. »Nein. Wenn man verlobt ist: nein!«

Rolf zieht langsam die Brauen über den Augen empor. »Du begreifst es also, daß sie heute kommen wird, trotz dem Brief?« Und sein Gesicht gleitet wieder in die Dunkelheit zurück.

Jens sieht ihn lange an. »Sie haben sie ja nicht weggeschickt. Sie sind verlobt. Fräulein Dagny hat alle Rechte, Sie heute besuchen zu kommen. Alle Rechte, verstehen Sie? Und wenn sie Ihre Arbeit etwa unterbricht, so haben Sie schlechterdings kein anderes Recht, als ihr dankbar die Hände zu küssen. Wissen Sie denn nicht, was verlobt sein heißt?«

»Aber es gibt doch etwas wie Stolz, Scham, Feingefühl, Verletztsein, – was weiß ich?«

Jens legt seine klobigen Hände auf den Tisch und rückt mit dem Leib ins Licht. Seine Augen blicken besorgt auf den jungen Mann. »Herr Kandidat, man setzt sich über so vieles hinweg, wenn man verlobt ist. Liebe verzeiht alles. Und dann können auch andere Gründe vorhanden sein; ich weiß es ja nicht. Unsereiner kennt so wenig von der verfeinerten Maschinerie, wie sie die Menschen über uns im Herzen tragen –.«

Rolf steht hastig vom Stuhl auf und geht im Zimmer hin und her. »Ha, Jens, du Künstler, du – und sprichst von Menschen über uns! Da haben wir den Wimpel. Menschen über uns!«

Der Alte steht vor ihm, hält ihn in seinem Gange auf, lächelt nachsichtig. »Sie sprechen von einem Künstler, ich aber sprach nicht als Künstler. Mein lieber Herr Kandidat – Sie erlauben die Vertraulichkeit? –, merken Sie denn nicht, daß ich mir alle Mühe gebe, mich mit Ihnen verständlich zu unterhalten, so zu reden, daß Sie es begreifen? Es handelt sich doch bei dem, worüber wir sprechen, nicht um einen Künstler und ein Weib. Sie sind vielleicht einmal Künstler gewesen, auf dem Wege dazu. Alle Wege führen nach Rom; wieviele Menschen sind dort gewesen? Sie wollen ja gar kein Künstler mehr sein. Sie haben den Wimpel schon eingezogen. Nein, ich habe allen Grund, zu versuchen, mit Ihnen als Mensch zu reden. Und da – ja da schäme ich mich nicht, Fräulein Dagny als ein Wesen über mir zu bezeichnen. Von Menschen über mir zu sprechen. Sie zum Beispiel, Herr Kandidat, von unten her zu betrachten.«

»Zum Teufel mit diesem blödsinnigen: Herr Kandidat!«

Jens verliert sein Lächeln nicht. »Wären Sie ein Künstler, noch ein Künstler, – ich würde wahrscheinlich du zu Ihnen sagen. Wir pflegen das unter uns so zu halten.« Rolf zuckt die Achseln und legt sich auf das Sofa. Er dreht sich gegen die Wand. Jens steht in der Mitte der Stube und spricht ruhig lächelnd weiter. »Darf ich ihnen etwas erzählen? Etwas von Ihnen erzählen? Vielleicht erinnern Sie sich nicht mehr daran und hören es darum ganz gern. – Ich beobachtete Sie nämlich einmal im letzten Sommer. Es war früh am Morgen, es mag um drei Uhr gewesen sein. Ich schlafe wenig im Sommer, und nur am Mittag, wenn es stille ist. An dem Morgen, von dem ich erzähle, kamen Sie vom Walde her durch die Roggenfelder auf den Hof. Vom Walde her; Sie waren im Walde gewesen, es hingen Moose und Tannennadeln an Ihrem Rücken. Sie gingen nicht rasch, aber sehr leicht, und strichen mit beiden Händen flach über die Aehren rechts und links am Wege. Sie gingen nahe an mir vorbei, und Sie sahen mich nicht. Es war doch schon ganz hell, alle Vögel sangen, wir beide waren die einzigen Menschen draußen. Seither habe ich Sie nie mehr zu solchen Tageszeiten gesehen, und wenn wir uns begegnen, grüßen Sie freundlich und lächeln, wie alle augenzwinkernd lächeln, wenn sie mir begegnen. O, ich fühle es schon, aber was soll ich sagen?«

Rolf hat sich wieder erhoben. Er schiebt dem Alten eine neue Zigarre zu, begütigend: »Da, nimm noch eine. Du erzählst vortrefflich.«

Jens rührt sich nicht vom Fleck. »Danke, keine mehr. Ich stehe schon so in Ihrer Schuld.«

»Unsinn. Hast du mir nicht den Dienst mit dem Brief erwiesen?«

»Das war etwas anderes; das war ein Auftrag. Für meine Arbeit werde ich als Taglöhner auf dem Hofe bezahlt, wie Sie als Lehrer bezahlt werden. Dieses hier – sind Gefälligkeiten. Die sollte man eigentlich nur von seinesgleichen entgegennehmen, – vielleicht auch nur seinesgleichen anbieten.« Rolf stützt die Arme auf seine Kniee und legt den Kopf in die Hände. »Um fortzufahren, wo Sie mich unterbrachen: ich machte mir natürlich so meine Gedanken über Sie, Herr Kandidat, daß ich Sie nie mehr aus dem Walde treten sah, daß Sie mich kannten und anlächelten wie die andern, die Bauern, – über alle diese verdächtigen Anzeichen machte ich mir so meine Gedanken. Ich dachte mir, Sie arbeiteten vielleicht; und, weiß Gott, ich grüßte Sie dafür nur um so tiefer. Ich weiß ja schon, daß es nicht damit getan ist, an einem Sommermorgen um drei Uhr mit leichtem Schritt aus dem Walde heimzukehren. Er arbeitet nun, dachte ich. Dann erfuhr ich zufällig, – ich frage nie jemanden nach so etwas –, zufällig erfuhr ich, Sie seien verlobt. Mit Fräulein Dagny, die ich ganz jung schon kannte.«

Als erwarte er eine Antwort, einen Einspruch, eine Rüge, schweigt der alte Jens. Rolf regt sich nicht. Da kommt wieder die Stimme aus dem Dunkel der Stube.

»Sehen Sie, Herr Kandidat: mir, unsereinem, einem Künstler muß es möglich sein, im Frühling das Loch zu verlassen, in das man sich den Winter über verkrochen hat, und mit leichtem Gepäck weiterzuwandern. Es braucht einer ja nicht weit zu gehen; er kann ja auch wieder zurückkehren, nach ein paar Tagen, nach einer Woche, wenn es ihm behagt und beliebt; aber wandern, mit leichtem Gepäck wandern, das muß er können, diese Freiheit muß er bewahren. Sehen Sie meine Schuhe an: sie sind dünn für den hohen Schnee, nicht wahr, und sie haben Löcher in den Sohlen. Ich habe mir Leder gekauft, aber ich warte zu bis in den Vorfrühling; dann will ich ganze Schuhe an meinen Füßen haben, dann ist meine Zeit gekommen, mein Haar wieder gewachsen. Sie aber werden verlobt sein, Herr Kandidat, sehen Sie bitte her: verlobt!«

Und nun tut der alte Mann im Dunkel eine Gebärde, die häßlich ist, rasch und heftig: er legt die beiden Hände vor sich übers Kreuz, als wären sie an den Gelenken gefesselt und zusammengeschnürt. Rolf sieht es, springt auf, brüllt ihn an:

»Ich will dir sagen, Jens: weißt du eigentlich, wie dumm, eitel, blödsinnig dein Geschwätz ist, dein Künstlertum mit dem langen Haar, dem leichten Gepäck auf der Frühlingswanderung, den zerlöcherten Sohlen, ja – und daß du deine Frau habest wegschicken oder dich von ihr trennen müssen? Wer bist du denn eigentlich? Kannst du eine Geige halten, darauf spielen? Die Mädchen sagen, du fiedelst so langweilig, daß ihnen die Beine beim Tanzen einschlafen. Ja, das sagen sie.«

Rolf geht an dem Alten vorbei zum Fenster. Er läßt ihn dastehen, verwirrt, zerschmettert, vernichtet. Er dreht sich nicht um, wie ihm Jens bittend, flehend die Hände hinhält: »Sehen Sie her, sehen Sie auf diese Finger, Herr Kandidat. Können solche Hände noch Geige spielen? Sehen Sie diese Risse von der Kälte und von den Holzsplittern, mit dem harten Schmutz darinnen? Fühlen Sie, wie steif.« Er hält ihm die Hände eine Weile hin, dann wendet er sich langsam weg, hebt bei der Türe die Säge auf, faßt nach der Klinke. »Ja, ich stehe da draußen im Schuppen, und es schneit, und wenn ich nicht sägen und sägen würde, was die Kräfte hergeben, so würde ich erfrieren. Ich habe keine Handschuhe, Herr Kandidat.«

Rolf kommt langsam auf ihn zu. »Ja, ich meine ja nicht –, es war nicht so gemeint, Jens.« Doch nochmals bleibt er stehen, heftiger in der Stimme: »Aber warum gehst du da herum und hältst große Reden voll – voll Verachtung für uns andere? All dein Künstlertum, was ist das denn?«

Der alte Mann sieht ihn furchtlos und treuherzig an. Er sagt ganz einfach: »Nur der Wimpel, Herr Kandidat, nur der farbige Fetzen am geborstenen Mast. Die Ladung ist versunken, ich weiß. Tausende von Dampfschiffen fahren breit und sicher daher, mit einem und zwei Schornsteinen; aber hohe Masten und farbige Wimpel zuoberst, das ist aus der Mode gekommen, das ist nur noch ganz selten, ich weiß. Wenn einmal so ein gut gepanzerter Schiffsrumpf, so ein großartiger Dampfbootsbauch auf den treibenden Mastbaum fährt, da knickt er in Splitter auseinander, denn er ist morsch geworden, so lange hat er auf den Wellen herumgetrieben. Ich weiß, ich weiß.«

Seine Hand zuckt von der Türklinke weg. Die Türe wird von außen geöffnet, heftig und doch angstvoll. In der Kälte, die schwallbreit hereinströmt, steht ein Frauenwesen in Pelzmantel und Pelzmütze, steht Dagny. Sie hält die Tür in der Hand, schaut auf den alten Jens, schaut auf Rolf, der näher beim Lichte steht. Ihre Augen sind wie Vögel, wenn die Wellen hochgehen und die Winde zwischen den Klippen des Fjords hin und her jagen: sie sind ruhelos, aber sicher.

Da klemmt der alte Jens seine Säge fester unter den Arm und verbeugt sich tief vor Dagny. In zwei Schritten ist er an ihr vorbei und hat die Türe hinter sich ins Schloß gezogen.

Dagnys Arme fallen am Körper herunter. Ihr Kopf sinkt langsam nach vorne.

Rolf tut einen Schritt gegen sie hin, bleibt wieder stehen. »Du kommst also –. Du bist also doch gekommen.«

Sie antwortet nicht. Er legt seinen rechten Arm um ihre Schultern und küßt sie auf die Stirne, die kalt ist wie der frühe Winterabend. Sie wendet sich leicht von ihm weg, nun weint sie leise, und plötzlich wirft sie sich ihm an die Brust, die Hände vor sich gefaltet und den Kopf gesenkt. Ihr Mund stammelt: »Ich wußte ja – ich wußte es ja so gut –.« Seine Arme müssen sie halten; seine Finger streichen über ihr Gesicht. Er sieht von ihr weg und murmelt: »Willst du nicht versuchen, ein wenig ruhiger zu sein? Dagny, weine doch nicht.«

Sie weint nicht mehr. Sie lächelt, wie sie den Kopf hebt: »Ich wußte ja, daß du mich nicht wegweisen würdest.« Sie sieht ihn von der Seite her an. »Du verzeihst mir, Rolf? Sieh, du wolltest nicht zu mir kommen, – da kam ich zu dir.«

Rolf löst seinen Arm von ihr, läßt sie stehen und geht zum Fenster. Sie schaut ihm nach, folgt ihm, ergreift seine schlaff herabhängende Hand. »Rolf, ich kam zu dir –. Du hast es nicht leicht mit mir, ich weiß es wohl. Hab Geduld.« Rolf schweigt; er läßt ihr die Hand. Sie senkt wieder den Kopf, und ihre Schultern zucken. Langsam öffnet sie den Mantel. Da wendet sich Rolf ihr zu und hilft ihr aus dem Pelz. »Willst du –, gib auch deine Mütze.« Sie neigt den Kopf vor ihm, er streift die Mütze von ihren Haaren, legt sie zum Mantel aufs Sofa und bleibt beim Tische stehen.

Dagny nähert sich ihm langsam, unsicher lächelnd, und wie sie vor ihm steht, beugt sie spielend ihren Kopf auf seine Schulter herab. »Es ist so still in unserm großen, grauen Haus. Ich kenne jedes Geräusch, jede Diele, die knarrt, jedes Fenster, das im Winde rüttelt. Bei dir, in deiner Stube, ist noch so vieles fremd für mich. Ich bin gerne hier. Welch guten Gedanken du hattest, mir zu schreiben, du wollest nicht zu mir kommen. Ich las zwischen den Zeilen.« Sie lacht in seine Schulter hinein, die er unwillig emporreißt. »Bist du nicht froh, Liebster, daß ich zwischen den Zeilen las?«

Rolf spricht über sie hinweg, in die Dunkelheit hinaus: »Stand wirklich das – das zwischen den Zeilen? Ich hätte etwas anderes herausgelesen. Jeder Mensch – nein, aber manche Frau, manches Mädchen hätte sicher etwas ganz anderes zwischen den Zeilen gefunden.«

Nun begegnen sich ihre Augen; sie sind ganz nahe. Dagny hat blanke Augen, die nichts verraten. Rolf zieht die Brauen zusammen.

»Stand denn nicht in dem Brief, daß ich dich heute nicht zu sehen wünsche, nicht sehen könne, – nicht wolle?«

Aus dem kurzen Schweigen hebt sich Dagnys Stimme demütig: »Nein. Es stand darin, du müssest arbeiten und fändest keine Zeit, zu mir zu kommen. Hier –.« Ihre Hand greift nach dem Mantel; ein Blatt Papier knittert.

Rolf hält sie am Arme fest.

»Ja, aber –« Dagny fährt rasch weiter, und Tränen treten ihr in die Augen: »Ich dachte mir, ich wolle gehen, zu dir gehen und dich mitten in der Arbeit überraschen, dich vielleicht herausreißen, stören, ja stören, – und das war wohl nicht recht gedacht, – oder doch still in deiner Stube sitzen, während du arbeitest, zugegen sein, nur da sein und manchmal auf dich schauen. Ich – ich ahnte doch nicht, daß ich so unwillkommen sein würde. Ich ahnte doch nicht, daß – daß du mich gar nicht brauchen könntest, nicht einmal meine Anwesenheit ertragen könntest, daß ich dir zur Last fiele.«

Nun zieht Rolf ihr feuchtes Gesicht näher zu sich: »Aber nein, Dagny, es ist ja – du irrst –«

Doch sie entwindet sich seinen Händen. »Nein, ich irre mich nicht. Nein, ich gehe nun. Arbeite, arbeite weiter. Ich will ja nicht stören.« Schon greift ihre Hand nach dem Mantel.

Rolf sagt gereizt. »Stören –! Als ob deine leibliche Anwesenheit mich stören würde. Es ist doch ganz etwas anderes.«

Sie blickt rasch auf. »Ganz etwas anderes, – sagst du nun? Aber im Briefe –?«

Er zischt: »Zwischen den Zeilen –?«

Sie wirft den Mantel wieder hin. »Du hast gar nicht gearbeitet, ich weiß es, Rolf. Es ist gar nicht so, daß du arbeiten wolltest.«

»Doch, es ist so.«

»Jedenfalls, du tatest es nicht.«

Er lacht bitter: »Nein!«

»Nein. Du saßest und schwatztest mit dem alten Jens. Um mit diesem Narren, diesem – diesem Jens schwatzen zu können, schriebst du mir den Brief? Deshalb konntest du nicht kommen. Keine Zeit! Arbeiten! Gott weiß, was ihr euch zu sagen hattet, daß du deshalb mich nicht besuchen, – mich nicht einmal hier dulden kannst.«

Rolf sagt ruhig: »Es ist auch nicht genau so. Jens blieb hier, – ich behielt ihn hier, weil ich nicht arbeitete. Aber arbeiten wollte ich. Wollte ich, – hörst du? Als ich sah, daß nichts daraus werden würde, bat ich ihn, hierzubleiben und mir Gesellschaft zu leisten. So war es.«

Hohn flackert in Dagnys Stimme. »Mich zu bitten, – mir zu erlauben, dir Gesellschaft zu leisten, daran dachtest du nicht.« Nach einer Weile: »Arbeiten, sagst du.« Sie geht zum Tisch. »Hier liegen Bücher. Deine Arbeit, davon erzählst du mir nie. Ich weiß gar nichts davon. Wo ist sie? Hier?«

Sie reißt die Schieblade hervor; ihre Finger beginnen in den Papieren zu kramen. Rolf steht plötzlich neben ihr, hält eisern fest ihr Handgelenk, daß sie aufschreit.

Er sagt nur: »Laß das. Laß meine Arbeit in Frieden.«

Dagny sieht ihn groß an, weicht zurück, setzt sich aufs Sofa. Ihre Stimme ist tonlos. »In Frieden, – ja. Du bittest um Frieden für sie.« Jäh aber fährt sie empor. »Hätte ich sie hier in meinen Händen, jetzt zwischen meinen Fingern gehabt, – zerrissen hätte ich sie. Du weißt es wohl. Ich kenne sie nicht, ich soll sie nicht kennen. Nichts lieferst du mir aus.« Wieder dämpft sich ihre Stimme. »Erinnerst du dich daran, als wir in der Stadt waren, im Theater? Einmal, ein einziges Mal waren wir dort.«

»Du wolltest kein zweites Mal hingehen.«

»Nein, nicht das. Erinnerst du dich?«

Rolfs Antwort zögert. »– Ja.«

»Vor uns, links vor dir saß ein Mädchen. Erinnerst du dich?«

»Ja.«

»Du kanntest sie, ihr grüßtet euch, aber du wolltest sie mir nicht vorstellen. Du sprachst nicht von ihr. Du schwiegst bloß lange. Erinnerst du dich an all das?«

»Ja, aber das war doch –«

Dagny schlägt mit der flachen, runden Hand leicht auf den Tisch. »Nein, so war es.«

Eine Weile steht Rolf noch da, sieht in ihr fragendes Gesicht, in ihre blanken Augen, auf diese heischende Hand, dann wendet er sich weg, geht in die Dunkelheit. Es bleibt still.

Das ist die frühe Winternacht in den einsamen Stuben. Sie macht, daß Menschen sich plötzlich verloren haben, die glaubten, nebeneinander her gehen zu müssen, und sie macht, daß andere, die man ferne glaubte, plötzlich da sind. Sie hat die große Macht über die Menschen, über ihre Herzen. Sich gegen sie auflehnen, – was nützt es? Man kann nur warten, abwarten.

Dagny weint. Ihr Leib ist zur Seite gesunken; ihr Antlitz liegt im dunkeln Pelz; ihre Finger zucken.

Rolf legt seine Hand auf ihr schimmerndes Haar. »Weine doch nicht. Laß doch das Weinen, Dagny. Hörst du? – Könnten wir nicht – einmal – ruhig miteinander reden?«

Sie hebt den Kopf empor, greift nach seiner Hand. »Vergiß, was ich soeben sagte. Rolf! Antworte mir, willst du es vergessen? Ich weiß, ich muß dich bitten, so vieles zu vergessen, was ich sage und tue. Ich bin so – so –. Sei nicht hart zu mir.«

Rolf wendet sein Gesicht weg. »Hart – ja, ich bin grausam zu dir.«

Sie umklammert stärker seine Hand. »Nein, Rolf. Du sollst streng zu mir sein, ich muß deine harte Hand fühlen, – deinen festen Handgriff, sonst falle ich ja. Sonst bin ich allein. Aber was ich vorhin sagte, das alles ist so häßlich, neidisch. Ich weiß gar nicht, was ich manchmal sage. Es ist Eifersucht, ich bin eifersüchtig auf alles, auf alle, die dich haben, auf den Narren Jens, mit dem du sprichst, auf deine Arbeit, von der ich nichts weiß, auf das Mädchen, das du mir nicht vorstellen wolltest. Ich weiß, das alles ist häßlich. Aber ich kann nicht anders. Ich liebe dich, ich will dich allein haben, ganz für mich. Seitdem ich dich das erstemal sah –« Sie fühlt, wie Rolf zusammenzuckt. »Ich weiß, du findest das dumm. Ich bin so. Ein Kind, Rolf. Du hast es selber gesagt. Du mußt mich halten. Du hast mich einmal genommen, so wie ich war. Ich komme nicht los von dir. Du sollst nicht von mir weggehen. Du darfst es nicht.«

Sie hat sich erhoben, sie steht nun neben ihm. Ihre Hände haben seine Schultern gepackt, rütteln ihn, legen sich ihm um den Nacken. So stehen sie in der Dunkelheit, nahe beieinander. Ihre Schatten, an der Wand, sind eins geworden, ein großer Schatten, ohne Form, ohne Linien, ohne Sinn.

Noch liegt die Stille des Wintermorgens auf Lysenstöa. Noch sind die Türen nicht aufgegangen, noch krachen nicht die Scheiter in den Oefen. Im Stall mag eine Kette rasseln; aber Rolf hört sie nicht. Seine schweren Schuhe dröhnen durchs stille Lehrerhaus; und niemand hört sie als er allein. Er rafft mit wenigen Griffen aus dem Schrank und von der Wand zusammen, was er braucht, steckt es in den braunen Rucksack und schnürt ihn mit klammen Fingern zu. Er geht zum Fenster; ein fahler Schein liegt hinter den Eisblumen. Er haucht an die milchigkrustige Scheibe, späht hinaus: keine Nebel, nur mattgrauer Schnee, ein gelber Saum am Himmel über den Höhen.

Nun fährt er in die blaue Jacke, knöpft sie bis hoch ans Kinn hinauf zu, zerrt die Kappe über die Ohren, buckelt den Sack und legt die Büchse darüber, quer über den Rücken, daß sie festsitzt und nicht gleiten kann. Er geht über den schmalen Hausgang in die Schulstube hinein, legt einen Zettel auf den Tisch und schreibt mit steifen Buchstaben darauf: Ich gehe in den Wald. Dann verläßt er das Haus.

Vor der Schwelle wirft er die langen, schmalen Skier in den Schnee, gleitet mit einem Ruck in die Lederriemen und schnallt sie straff um Rist und Ferse. Die Fäuste packen die Stöcke, und mit einem Zug der Arme schiebt er sich der Hauswand entlang, biegt um die Ecke und läßt den schlafenden Hof hinter sich.

Ueber die Hänge hinab, in weiten Schleifen, pfeilt er der Fjordbucht zu. Die Luft des frühen Morgens steht dünn, wie von der nächtlichen Kälte starr, um ihn; er bricht in sie ein, durchreißt sie, daß sie in Wirbeln um ihn aufzischt, schneidet sie mit Gesicht, Leib und Beinen. Sie wirft sich ihm entgegen, hämmert auf ihn ein wie mit Fäusten, jagt ihm das Blut in die Glieder, während sie ihm die Züge des Angesichts steift. Seine Wimpern zerren sich, die Lider werden gespannt, der Mund brennt eisig.

Dann und wann, zwischen den Hangbuckeln hindurch, um die er saust, sieht er die Häuser von Lysenstöa noch auftauchen, den roten Stall, das weiße Wohnhaus mit den Birken davor, seine eigene Hütte zuäußerst am Hügel, und dahinter den bereiften Wald. Er kennt jede Falte des Geländes, durch das er seine Hölzer steuert, den vereisten Bach, über dem der Schnee tief und zusammengeweht liegt, die Wiesen hier und die Aecker dort und drunten die Landzunge, die in den Fjord hinausgeht und auf der im Sommer die Fohlen und jungen Pferde dahinjagen. Hier ragt der Stein, ihr Fels –.

Einmal, an einem blanken Juliabend, hatte er hier gelegen, in der moosigen Schale auf dem Stein. Er hatte die langsamen Schläge ihrer Ruder von ferne schon gehört; die Luft war ganz still. Er hatte ihr Boot um die waldige Ecke biegen sehen; dann war es hinter dem Ufergestrüpp verborgen. Als es am Stein vorbeiglitt, hatte sie die

Ruder halb eingezogen; die Tropfen fielen klirrend ins Wasser. Sie spähte hinauf nach Lysenstöa; er sah ihre Augen weit offen, ihr Haar lag wie ein vergessener Kranz aus Abendsonne um ihre Schläfen. Er rief sie an: »Komm.« Sie erschrak, tauchte hastig die Ruder ins Wasser, fuhr weiter und in einem großen Bogen über den See zurück nach dem Försterhof. Lange blieb die Spur ihres Bootes auf dem Wasser, wie ein schimmernder Pfad. Am nächsten Abend lag er wieder dort, die Ellbogen im Moos, das Gesicht in den Händen. Der See war ruhig, kein Boot furchte ihn. Am dritten kam sie. Er reichte ihr die Hand, als sie auf den Felsen stieg. »Wie heißt du?« »Dagny.« »Und ich –.« »Du bist Rolf«, sagte sie und legte sich neben ihm ins Moos, ohne ihn anzusehen.

Nun trägt ihn das Fjordeis. Eben und furchenlos dehnt es sich vom Ufer zum Ufer und füllt die innerste, die letzte Bucht. Die Skier surren durch den Schnee, der hier härter und stellenweise salzig zerkrümelt ist. Ihre Doppelspur legt sich wie ein schmales Band durch die grauhelle Weite; in gleichmäßigen Abständen begleiten sie, wie Nägel, mit denen man es festgeheftet hat, die Zeichen der Stöcke im Schnee. In der Bucht von Engnes klimmt die Spur steil ans Land und verschwindet im Walde.

Denn hier säumt noch der Wald finster und weithin das Ufer. Sein Mantel deckt den breiten Rücken der Berge, hängt über die Flanken herab, fällt in den Fjord und macht im Sommer das Wasser dunkel und verschwiegen. Da und dort hat der Mensch eine Ackerbreite Landes erstürmt, hat sich vom Boot auf eine Klippe geschwungen, die Axt in der Faust, die Sprengpatrone neben dem Kautabak in der Hosentasche, hat den Wald angegriffen, in ihn hineingehauen, ihn in die Luft gejagt, einen Holzzaun zwischen ihn und sich gesetzt. Ein Haus steht nun da, Kartoffelstauden stengeln in den hellen Sommertagen empor; der Mensch hat den Wald bezwungen. Der reiche, leichte Acker auf der andern Seite des Fjords hat den Menschen abgeschüttelt, wer weiß warum, die Familie hat ihn aus ihrer Wärme vielleicht ausgestoßen, mag sein, das Gefängnis hat ihn entlassen; nun sitzt er in der Einsamkeit und hat den Wald um sich, sein Sausen um die Hütte und den Schlag der Wellen. Er sitzt auf seinem Hof, hat ihm seinen Namen gegeben und ist nicht einsamer, als er vorher war. Auch ihm ist der Wald ein Mantel geworden.

Quer den Hang hinauf schiebt Rolf seine Hölzer. Er geht mitten durchs Gestrüpp, das dürr unter seinen Skiern knackt; er geht an den hohen Tannen vorbei, unter denen der Schnee nur spärlich ist, und an den jungen Stämmen, auf denen die weiße Last wuchtet. Er sieht die Felsblöcke mit ihren Schlupfwinkeln und Höhlen und beugt sich manchmal lange über eine zage Spur. Er folgt den verwehten Stapfen hangauf und hangab und verliert sie wieder in der eigenen Fahrt. Seine Augen sind hell geworden, seine Arme greifen mit den Stöcken weit aus, seine Kniee federn und sind voll Spannung; Wärme durchflutet ihn ganz.

Vom Kamm aus, den er plötzlich erklommen hat, geht sein Blick über Wald und See hinweg ins jenseitige Land. Die Wintersonne strömt breit über die Hänge herab, an den Runsen vorbei, die bläulich im gleißenden Schnee dämmern. Der ferne Wald schimmert, als läge auf ihm von Silber ein Netz mit engen Maschen, das er sprengen möchte. Ueber den Häusern steht Rauch, steil, schleierfein. Man kann die Höfe alle zählen, von ferne in ihre Verschlossenheit eindringen, ohne daß sie es merken, ihren matten Puls belauschen, ihr gedämpftes Lachen und ihre stummen Seufzer, ihre winterliche Einsamkeit.

Rolf hat die Hände auf den Stöcken gefaltet und beugt sich ausruhend über die schwanke Stütze.

Dort, hart am Ufer, ist der Försterhof. Die Birken am Weg sind laublos; sie frieren. Auf dem breiten Hofplatz hetzt ein Hund umher. »Finn«, sagt Rolf laut und lächelt. Jetzt fährt das Tier in langen Sätzen gegen die Haustüre, die offen steht, und verschwindet. Bald wird jemand heraustreten; dort drinnen im Flur steht wohl jemand vor dem schrägen, blinden Spiegel und schiebt sich die Haarsträhnen unter die Pelzmütze und reibt sich mit der kleinen geballten Faust die Wange, während der Hund wie toll herumjagt. Dort drinnen sagt wohl jemand: »Finn.« Jetzt –. Rolf wendet sich weg, stößt sich in langem Ruck vorwärts, gleitet im Sonnenschein weiter.

Da überqueren seine Hölzer eine Skispur. Sie ist frisch, breit, kräftig, von einem Bauer oder einem Holzfäller. Während Rolfs Augen ihr folgen, schräg den Abhang hinauf, kracht ein Schuß. Oben auf dem runden Kollen steht ein Mann. Der hellblaue Himmel fließt weit und weich um ihn und um die hohe Föhre, die ihre struppigen

Aeste über den Mann hält. Er hat die Büchse vor sich auf den Ski niedergestellt; mit der rechten Hand schattet er die Augen und späht über den Fjord.

Rolf ruft ihn an: »Erling! Bist dus?« Dann steigt er zu ihm empor. Der Mann lacht.

»Hast du geschossen, Erling? Bist du auf der Jagd?«

»Nein«, sagt der Mann und legt die Hand auf die Büchsenmündung. »Es war ein Zeichen, siehst du. Es war ein Gruß. Dort hinüber. Ich gehe in den Wald. Wir schleppen das Holz zum Vaajasee hinunter.«

»Wem gilt der Gruß?«, fragt Rolf und späht hinüber zu den Höfen. Der Mann schweigt.

»Bist du im Tal gewesen?«

»Ja, zwei Tage lang. Man hält es nicht immer eine ganze Woche aus, droben im Wald, siehst du.«

Rolf schüttelt den Kopf und lacht. »Wie heißt sie, der du das Zeichen gegeben hast? Ich kenne sie. Sie war auch einmal dabei, als wir auf Framstad in der Scheune tanzten. Sie wollte nicht mit mir tanzen, weil du dabei warst und weil du getrunken hattest. Wie heißt sie?«

»Das war Bodil,« sagt der Mann und hängt sich das Gewehr wieder um.

»Ich sah sie gestern im Walde bei Lysenstöa.«

»Jetzt lügst du«, sagt der Mann. »Ich war den ganzen Tag auf dem Hof und sie auch.«

»Ja, es war vor drei Tagen«, nickt Rolf lächelnd. »Ich traf sie im Walde. Sie trug ihr rotes Kopftuch. Ich sagte ihr, sie müsse ein anderes umbinden, ein helles, mit Blumen darauf; da würde sie noch schmucker aussehen.«

Erling murrt finster: »Ihr rotes Kopftuch trägt sie, seitdem ich es ihr geschenkt habe und bis ich ihr ein neues schenke. Sie ist mir schmuck genug und eben recht so.«

»Ich sah sie auch früher einmal, im Herbst, drunten am Fjord. Da ging sie zusammen mit Lars Larsen.«

»Jetzt lügst du wieder.« Erling lacht aus vollem Hals. »Lars Larsen ist weit weg von hier. Er steht und dient in Moen; weißt du das nicht? Letzten Sommer war er das letztemal hier, und zu Bodil geht er nicht mehr. O nein, er hat genug von meinen Fäusten. Das muß schon ein anderer gewesen sein, mit dem Bodil ging; das muß schon ich gewesen sein.«

»Hör nun, Erling,« sagt Rolf, »ich habe Bodil versprochen, ihr ein neues, helles Kopftuch zu kaufen. Ich werde mein Wort halten, was meinst du?«

»Ob sie es tragen wird?«

»Selber werde ich es ihr ums Haar binden, und sie wird es wohl geschehen lassen müssen.«

Erling wiegt den Kopf hin und her. Dann sagt er rasch, ohne Rolf anzusehen: »Allerdings, des Försters Tochter trägt kein Tuch auf ihrem Haar. Darum kannst du wohl andere Mädchen damit beschenken wollen. Und Dagny wird es wohl geschehen lassen müssen.«

»Schweig von Dagny, hörst du?« Rolf reißt die Büchse von seiner Schulter und schießt in einen Baumwipfel unter dem Kollen; Schnee stäubt auf, flirrt golden im Sonnenlicht, rieselt über die aufschnellenden Aeste herab. Eine Krähe flattert trägen Schwunges hinweg. Rolf hängt die Büchse wieder über die Achsel, faßt die Skistöcke und lacht Erling breit ins Gesicht. »Du hast noch einen Schuß im Lauf, ich habe noch einen. Heute Abend, wenn ich wieder im Tal bin, kaufe ich beim Krämer das Tuch. Morgen soll es Bodil, wahrhaftig, am hellen Tag schon über den Hofplatz tragen. Sieh dich vor, Erling. Vielleicht treffen wir uns heute Abend bei Bodil.«

In scharfen Schwüngen kreuzt Rolf den Hang hinunter, daß der Schnee hinter ihm aufzischt.

Erling schreit ihm nach: »Versuch es nur! Ich werde dort sein, wo du bist. Prahlhans!«

Rolf sieht zu ihm hinauf. Er steht droben neben der hohen Föhre, im blauwogenden Himmel, und rührt sich nicht. Er hat noch einen

Schuß in der Büchse, aber er läßt sie ruhig am Rücken hängen. Er blickt dem Davonziehenden nach, der rund um den Kollen gleitet, jetzt in den dunkeln Schatten der Tannen hineintaucht, in den Wald verschwindet. Dann macht auch er sich davon, und seine breite Spur fegt drüben über den sonnenblanken Hügel hinab, ins Gestrüpp hinein. Der Wald hat beide aufgenommen.

Der Wald: das sind nicht Bäume, schattig und lieblich und ein Dach der Dämmerung, und dann ein Saum, eine Grenze, ein plötzliches Hinaustreten ins Freie, Helle, Wohnliche. Der Wald: das sind Täler und Hügel, Berge und Schluchten, Bäche und Seen, ohne Anfang und Ende, stundenweit, tagelang. Hier ist er dicht, ein Stamm neben dem andern, die Zweige ineinander verschlungen, verkrampft, die Kronen steil in die Höhe getrieben, ins spärliche Licht; was nicht leben kann, fällt, verdorrt, stirbt ab; der Boden ist knietief bedeckt mit moderndem Fallholz unter moosiger Hülle, die einbricht, wenn man darüber schreitet. Dort ist er licht, jeder Baum ein Wunder für sich, mit Sonne und Schatten und voll Unergründlichkeit. Dieser Hang ist beinahe kahl; zwischen felsgleichen Strünken ragen rissige Föhrenstämme mit flatternden Aesten himmelan; gestrandete Schiffe, die ihre Masten im Winde schaukeln. Jener Hügel trägt wie einen zähen Panzer das verwachsene Krüppelgestrüpp der Wachholdersträucher, aus denen sich wie lichte Riesenblumen die Birken heben. Schattige Täler tun sich zu dunkeln Wassern auf; steinige Kämme steigen wie harter Schorf aus Moor und Sumpf empor. Dies alles und tausend anderes: das ist der Wald. Und sein Getier und seine Vögel, und sein Geruch und seine Töne, und der Mensch, der ihn betritt: alles gehört zu ihm, gehört ihm.

Der Mittag läßt einen Atemzug lang die niedere Sonne über ihm verweilen; und der Schnee flimmert. Die Ferne ist nah in ihrer glatten, reinen Weiße. Dann werden die Schatten länger und der Wald wird drohend.

Rolfs Skier surren, surren vorwärts. Er hat kein Ziel; er hat nur den Wald um sich. Von den Kuppen und Kollen aus, so weit der Blick und das Ohr dringt, nichts als Wald, Weite, Stille. Gebüsch schlägt hinter ihm zusammen, wenn er hangabwärts saust; Täler locken ihn in felsige Schluchten und schieben ihn auf die weiße Breite vereister Seen hinaus; neue Kämme wippen ihn in neue Täler hinüber. Seine langen Hölzer fliegen, zitternd streifen sie Busch und Baum, federnd springen sie über Bachgestein und Hanggeröll. Ihr Lauf eilt den Schatten der Berge voraus, reißt ihn in sonnige Höhen empor, steht ermattet still vor der roten Lichtkugel, die plötzlich fern und groß auf blauen, zackigen Hügelketten gestrandet ist und untergeht.

Da ist der Abend; ein kalter Dampf steigt aus den Wäldern. Wie wird der Schnee auf einmal schwer, grau, feindlich. Die Skier beginnen zu ächzen.

Vor dem Einnachten kommt Rolf zum Schuß. Er packt das graue Huhn in seinen Sack; eilt, klimmt, hastet zur nächsten Höhe hinauf, schaut sich um. Täler, Seen, Täler, Berge, alles blau, spinnwebfein verhüllt. Im Geäst einer leise knarrenden Föhre hängt eine silberne Sichel, der blasse Mond. Die Skier sirren zitternd taleinwärts, schräg am Hang.

Die Nacht hat alles anders gemacht. Felsblöcke hüpfen ihm trollplump entgegen, sperren den Weg, ritzen sich die Rippen wund am aufklirrenden Stock. Büsche, die platt am Boden krochen, recken sich auf schwanken Beinen empor, fahren ihm in die Kleider wie bissige Hunde, greifen nach seinen Armen. Bäume wiegen sich hin und her und lallen Lieder im Traume. Die bärtigen Föhren lachen, böse und höhnisch, und winken mit krummen Fingern. Der Boden selber, der weiche, sanfte Schnee, rollt sich zusammen wie ein sprungbereites Tier, wenn ihm der Ski in die Weichen fährt. Hügel werden zu Abgründen, die Schatten hüpfen spottend hin und her, stehn jählings starr, sind eine Felswand. Dann tut sich weiße Weite auf.

Der Ski fühlt die Ebene des Sees unter sich und wird ruhig. Dunkel stehn die Ufer. Ein feiner Strich läuft voraus, wird plötzlich breit, daß der Ski hineinstolpert, hat harstige Ränder und zwei tiefe Rillen: die Spur von geschlepptem Holz, ein Pfad in der Nacht, ein Weg durch die Einöde der Wälder.

Rolfs Augen schließen sich; sein Ohr nur lauscht dem leisen Knirschen des Schnees unter den langen Hölzern. Die Arme greifen weitaus, die Kniee stoßen federnd nach vorne, der Kopf ruht müde aus.

Jetzt schieben sich in weitem Bogen die Ufer zusammen; eine schwarze Wand steigt auf, zackig oben vor dem sternklaren Himmel. Stämme liegen stapelhoch auf dem Buchteis und am Lande. Eine Axt, ein Schlitten stehn dunkel im Schnee, – eine Hütte.

Rolf löst ächzend die Riemen von den steifen Schuhen, schlüpft aus den Bindungen, lehnt die klappernden Hölzer gegen die Wand, fährt mit der Hand über die glatten Flächen, klaubt den Schnee aus den schmalen Kehlen. Dann tritt er in die Hütte ein.

Im offenen Kamin glost letzte Glut. Rolfs Augen durchsuchen die Dunkelheit, seine Hände erfassen tastend die Kante einer kniehohen Liegestatt, er hört den Atem eines schlafenden Menschen.

Im Walde steht eine Holzfällerhütte, glimmt ein Scheit erlöschend in einem Kamin und spendet Wärme, schlafen Menschen. Draußen ist die unendliche Nacht, der Himmel mit seinen Sternen, der Schnee, die Kälte, der Wald. Draußen ist der Tod.

Rolf legt sich hin, schiebt den Sack unter seinen Nacken, zieht die Büchse eng zu sich heran.

Neben ihm regt sich der Mensch, dreht sich unwillig halb herum, murmelt aus dem Schlaf heraus: »Hier, eine Decke. Rück näher zu mir.«

Rolf drängt sich an ihn; die Decke fällt über seinen Leib, hüllt zwei Menschen ein. Ihrer Körper gemeinsame Wärme hält sie am Leben in der Winternacht des Waldes.

Rolf fragt leise, zögernd: »Bist du es, Erling?«

Der andere schweigt; er schläft.

Frühling

Manchmal, in diesen Tagen, reißt sich der Himmel auf wie ein Vorhang, und ein blaues Licht strömt verschwenderisch über die grauen Hügel, über den dunkeln Fjord. Unten am Wasser sind die buckligen Hänge weich und stockig grün, der Wald ernst und verschlossen wie immer, die Wege feucht. Aber weiter oben liegen noch große weiße Flecken in den Mulden; sie werden täglich kleiner, schrumpfen zusammen, bröckeln ab wie die Kruste über einer verharschten Wunde.

Das blaue Licht wogt durch das Tal, als ob es die Bergdämme einreißen wollte. Die Erde taut auf; die Schmelzwasser pflügen in ihr, lockern sie mit hundert silbernen Fingern an jedem Hang und Hügel. Die Stunden weilen länger und weichen nur zögernd dem Abend.

Am offenen Fenster in seiner Stube steht Rolf. Er schaut ins Land hinaus, aber er sieht nichts; seine Augen sind wie blind. Jetzt hebt er langsam die rechte Hand, spreizt die Finger in der Sonne, schließt die Faust, läßt sie dumpf aufs Fensterbrett fallen. Dort klopft er mit dem Knöchel, regelmäßig, lange, sinnlos. Sein halboffener Mund flüstert.

Dann geht er zum Tisch, beide Hände offen vor sich tragend, als wäre ihm ein zerbrechliches Gefäß darein gelegt. Dann schreibt er, hastig, stockend, den Oberkörper tief zu den weißen Blättern niedergebeugt. Und plötzlich reckt er die Arme weit, daß die Gelenke knacken, stößt die Fäuste von sich, reißt sie zur Brust zurück, atmet tief und geht in langen Schritten durch die Stube. Die Glieder tun weh, der Leib ist müde; die Augen leuchten lachend auf.

Sachte klopft jemand an die Türe. Rolf hört es nicht. Die Türe geht einen Spalt weit auf und knarrt. Rolf wendet sich um, sein Gesicht wird finster, die Augen kneifen sich zusammen, der Mund wird hart.

Der Knabe auf der Schwelle hebt wortlos sein aufgeschlagenes Schulheft in die Höhe; seine Augen fragen zag.

»Komm herein«, sagt Rolf und wendet das Blatt auf dem Tisch um. »Was willst du?«

Der Knabe legt das Heft offen vor ihn hin. »Diese Formel –«. Mit dem Finger zeigt er auf eine Zahlenreihe.

Rolf blickt auf den braunen Knabenfinger, auf die runden Gelenke, auf die Risse und Kratznarben, die ihn durchschrammen, auf den Sandsaum unter dem Nagel. Dann auf die Zahlen. »Was willst du?«, fragte er nochmals.

»Diese Formel verstehe ich nicht.« Der Knabe schüttelt den Kopf. »Schon eine halbe Stunde sitze ich darüber.«

»Morgen erkläre ich sie dir«, sagt Rolf rasch. Dann runzelt er die Stirne. »Ich begreife nicht –, habe ich sie dir nicht heute Vormittag bewiesen? Du vergissest alles in der letzten Zeit.«

Unbeweglich steht der Knabe; er blickt aus großen Augen durchs Fenster hinaus. In seinen kurzen, borstigen Haaren liegt Sonnenschein und macht sie hell.

»Morgen also«, sagt Rolf, legt die Hand auf seine Schulter und dreht ihn mit leisem Drängen zur Türe hin. »Geh jetzt, geh hinaus. Was willst du heute auch mit einer Formel anfangen!«

Der Knabe schaut erstaunt zu Rolf hinauf, begreift, rollt sein Heft zusammen und stürmt zur Türe hinaus. Nach einer Weile, da Rolf über den Hofplatz geht, sieht er ihn im Halbdunkel des Pferdestalls und hört ihn gutmütig und liebevoll mit den Tieren reden, denen er die Krippen füllt.

Rolf schlendert ziellos zuerst von der einen Hoftüre zur andern. Er steht am Gartengitter, beugt sich über die kahlen Sträucher, fährt mit der Hand über die braunen Gerten, sucht nach Knospen. Er sieht alle Fenster im weißen Wohnhaus offen stehen; die Sonne blitzt in die Scheiben und läßt drinnen in den Räumen die Spiegel in den hohen Rahmen und die Kerzenleuchter auf dem braunen Spieltisch funkeln. Vor dem Stall schimmern die Milchkessel, die Marit am Brunnen geräuschvoll fegt.

Bei den Obstbäumen, zwischen denen hindurch der Weg hangabwärts läuft, dem Nachbarhofe zu, bleibt Rolf wieder stehen. Er sieht zur Sonne hinauf, mißt mit dem Blick den handbreiten Abstand zwischen ihr und dem Berg, zuckt die Achseln und tut einige rasche Schritte vorwärts. Beim dritten Baum stockt er, schaut hinunter zum See, der gleißend wie flüssiges Erz in der Bucht liegt.

Er lächelt und sagt halblaut vor sich hin: »Ich kann auch hinuntersteigen, dem Ufer entlang gehen. Was brauchen alle zu sehen, daß ich zum Försterhof gehe, zu Dagny?« Schon läuft er in langen Sätzen über die Wiese hinab, dann am Waldrand der Straße zu.

Ueber der letzten steilen Böschung stehen die hohen Föhren. Im dünnen Gras, den Rücken am rotbraunen Stamm, kauert ein kleines Mädchen, hält in den Händen einen blinkenden Stein und sieht aus großen Augen auf den eilenden Mann, unter dessen Schuhen das Schuttgeröll wegstiebt.

Rolf erschrickt ordentlich, wie er den blau und flachshellen Fleck im moosigen Fels unter den Föhren erblickt. Er bleibt jäh stehen und sieht auf das Mädchen hernieder, das sich nicht rührt.

»Du hast doch wohl keine Furcht vor mir?«, fragt er und lacht.

Das Kind schüttelt den Kopf und streicht mit der Hand die Haare aus der Stirn.

»Was tust du hier? Wartest du auf jemanden? Auf mich?«, fragt er wieder. Er streicht leise den Scheitel des Kinderkopfes, der sonnenwarm und ganz weich unter seinen Fingern liegt.

»Nein«, sagt das Mädchen. Es erhebt sich vom Boden, steht nun vor ihm und ist höher gewachsen, als er gedacht hat. Es legt die Hände auf den Rücken, den Kopf leicht auf die Schulter, und besieht ihn von oben bis unten. Sein Gesicht ist ganz ernst, bleicher als die Gesichter der Bauernkinder sind.

»Du bist also der Lehrer Rolf. So siehst du aus«, sagt das Kind. »Gut, daß ich heute hierher gekommen bin.«

»Woher kennst du mich?«

»Du kommst von Lysenstöa herunter. Du gehst wohl zu Dagny?«

Rolf schweigt. Er blickt auf die Straße hinab, die breit und hell durchs lichte Gehölz zieht, in weitem Bogen dem Ufer des Sees entlang. Den Försterhof sieht man nicht, er liegt in der innersten Bucht.

Da fragt Rolf: »Kennst du auch Dagny?«

Das Kind nickt. »Sie kommt doch oft zu uns. Sie spricht mit Mutter und Vater von dir. Gestern Abend, als Mutter gespielt hatte, sagte sie zum Vater, er solle dich einmal auffordern, zu uns zu kommen. Vater sagte: nein.«

»Er hat recht.« Rolfs Augen lachen, wie sie den betrübten Mund des Kindes sehen. Doch etwas ernster und nachdenklich fragt er nach einer Weile: »Wer ist dein Vater?«

»Der Arzt, – weißt du das nicht?«

»Ja richtig, der Arzt.« Rolf sinnt einen Augenblick nach. Ihm ist, als höre er Dagnys Stimme; sie sagt: Du willst dich nie mit mir bei meinen Bekannten sehen lassen; du bleibst den Leuten, die mich kennen, so fremd. Er lauscht der Stimme; er hört den Vorwurf, hört die Wahrheit darin, spürt auch die Lüge.

Der Kindermund plaudert weiter: »Der Vater fuhr zu einem Kranken. Ich soll hier auf ihn warten, bis er zurückkommt. Man hört seinen Wagen auf der Straße, wenn er noch weit weg ist. Er rumpelt so sehr, und es ist so still.«

Rolfs Gedanken kehren zurück. Hier steht das kleine Mädchen; es legt plötzlich seine Hand in die des Mannes; auf seinem hellen Haar liegt Sonne, die durch das Gezweig der Tannen sickert.

»Inga, kleine Inga«, flüstert er.

Erstaunt sieht das Kind zu ihm empor; seine Hand zuckt, aber Rolf hält sie fest.

»Ich heiße nicht Inga«, lacht das Kind. »Warum nennst du mich so? Inga heißt meine Mutter, ich bin Ingrid.«

»Siehst du!«, sagt Rolf. »Wie konnte ich es vergessen! Natürlich heißt deine Mutter Inga.«

»Kennst du sie?« Des Kindes Augen sind streng, grau wie der See vor dem Einnachten.

Rolf nickt. »Spielt sie nicht oft auf dem schönen schwarzen Flügel, wenn es Abend wird und wenn man die Stiche auf der Handarbeit nicht mehr sehen kann? Bleibt sie nicht manchmal einen Tag lang in ihrem Bett liegen und läßt die Vorhänge vor den Fenstern, damit es dunkel sei im Zimmer, und draußen scheint die Sonne, schöner als je? Und Ingrid versteht es nicht und ist traurig?«

Die Augen des Kindes sind groß; ihre graue Farbe kann plötzlich dunkel werden. Ihre Wangen können plötzlich rot werden. Es kann Freude sein, oder Schmerz, oder etwas anderes.

Sie gehen ein paar Schritte tiefer ins Gehölz hinein. Noch steht die Sonne über den Hügeln, aber die Scharten unter den Tannen sind breit geworden. Die Stämme leuchten warm.

Rolf setzt sich ins Moos; es ist trocken und voll von abgefallenen, dürren Nadeln. »Kennst du das Märchen von Ilselil?« fragt er.

Ingrid zieht die weißen Brauen über ihren Augen in die Stirne hinauf. »Von Ilselil? Sie lebt im Walde, bei den Jägern und Holzhackern, die sich verirrten und nie mehr ins Tal zurückkehren.«

»Nein, nicht dieses. Komm und setz dich; so will ich dir erzählen, was ich von Ilselil weiß.«

Ingrid wirft sich neben ihm in das Moos. Ihren Kopf legt sie auf sein Knie, so daß sie durch die Aeste hinauf in den blassen Himmel sehen kann. Mit den Fingern knickt sie die dürren gelben Nadeln, die sie spielend ertastet.

»Ilselil hat von ihrem Vater einen großen Mohren geschenkt bekommen. Wenn sie am frühen Morgen im Garten und Walde spazieren geht, schickt sie ihn zehn Schritte vor sich her durch alle Wege und Pfade, auf denen sie wandern will. Schwarz und glänzend geht er durch den grünen Wald und an den Rosenstöcken vorbei, und mit seinem krausen Haar fängt er alle die Spinnwebfäden auf, welche die Nacht von Baum zu Baum, von Busch zu Busch gesponnen hat. Ilselil nennt ihn ihren Spinnwebfänger, ihren Gartenpudel –«.

»Oh!«, lacht Ingrid und setzt sich aufrecht hin. »Das muß ich Mutter erzählen, ja, das muß sie auch hören. Sie kann es nicht ausstehen, weißt du, wenn ihr Spinngewebe oder Raupen in die Haare oder gar ins Gesicht geraten. Und abends, wenn Vater am Tisch sitzt und liest, und die Lampe brennt und die Fenster stehen offen, dann surren die Nachtfalter herein und torkeln um die Flamme, aber Mutter setzt sich in die dunkelste Ecke des Zimmers und zieht auch die Füße auf den Lehnstuhl herauf, denn es laufen die Mäuse umher, sagt sie. Vater lacht sie aus. Wenn sie tagelang im halbdunkeln Zimmer liegt, brummt Vater, das sei eine Schande für das Doktorhaus; aber Mutter antwortet nichts, so sehr tut ihr der Kopf weh. Dann geht sie auch wochenlang nicht zum Flügel. Sie fährt nie mit Vater zu den Kranken; sie mag es nicht.«

Das Kind hält plötzlich inne. Es atmet tief auf. Seine Augen werden scharf und spähen nach der Straße hinunter. Die Sonne ist hinter den Bergen verschwunden.

»Du kennst also das Märchen, das ich dir erzählen wollte –«, sagt Rolf.

»Das Märchen? Nein. Aber jetzt ist es schon zu spät«, antwortet Ingrid bestimmt. »Ich erzählte dir von meiner Mutter, weil du sie nie gesehen hast.«

»Ich danke dir«, sagt Rolf leise und steht auf. Sie gehen zum Weg hinunter. Sie sprechen nicht mehr miteinander.

Der Weg ist weiß in der dämmerigen Landschaft. Er leuchtet still und weithin. Er teilt alles entzwei: in Wasser und Land, in Fjord und Hügel. Er teilt auch den Abend, der langsam aus den Wellen und Wiesen steigt.

Sie wandern Hand in Hand auf der Landstraße dahin. Sie bleiben stehen, wie sie den Hufschlag hinter sich und den rollenden Wagen hören. Ingrid hebt den Arm und winkt. Der Doktor zügelt das Pferd.

Er zieht höflich den Hut. Rolf nickt ihm zu.

»Meine Tochter spaziert in Herrenbegleitung, – was sehe ich?« Er lächelt, etwas unsicher.

Rolf tritt einen Schritt vor, näher zum offenen Wagen. »Kein Grund zur Besorgnis«, scherzt er. »Wir erzählten einander Geschichten.«

Der Mann im Karriol scheint auf irgend etwas zu warten, er hört dem andern mit vorübergebeugtem Leibe zu, aber seine Augen blicken zur Seite, blicken auf das Mädchen, das seine Hand nicht aus der festen, warmen Faust des Begleiters gelöst hat. Da hebt er nochmals den Hut. »Erlauben Sie, daß ich mich vorstelle: Doktor Holmby.«

Rolf nickt wieder: »Ich weiß, ich weiß, Sie sind Ingas Vater. Wir warteten auf Sie.«

»Ingrid heißt sie«, sagt der Mann kurz und bündig, lächelt aber sofort wieder und wird sehr freundlich. »Und Sie sind also der Lehrer auf Lysenstöa. Freut mich, freut mich. Die Gelegenheit hat es nie ergeben, daß wir uns kennenlernten. Daß aber mein Kind Sie belästigte, wußte ich nicht.«

»Belästigten wir uns?«, lacht Rolf laut und hebt Ingrid auf den Wagen empor.

»Machen Sie uns die Freude«, sagte der Doktor, »und besuchen Sie uns doch bald einmal zu Hause. Sie sind willkommen.« Und zum drittenmal zieht er den Hut, dann klatscht er mit den Zügeln dem Gaul auf den Rücken. Das Karriol rollt langsam davon.

Im Knarren der Räder hört Rolf, wie Ingrid eifrig zu berichten beginnt: »Er hat mir von Ilselil erzählt, die es gerade wie Mutter nicht leiden konnte –«. Der Doktor ruft laut: »Hoi, Brauner, heim!« Der Wagen holpert rascher dahin.

Es ist nun ganz still auf der Straße.

Rolf wandert am Wasser, das in sanften Schlägen gegen die Böschung drängt. Der Abend erlischt.

Eine Strecke weit kehrt sich der Weg vom Ufer ab und geht um einen kleinen Erdbuckel herum. Rolfs Schritte werden länger.

»Ich muß Dagny noch heute sehen. Ich will ihr erzählen von meiner kleinen Inga. Auch Dagny hat lichtes Haar, aber nicht so hell, so makellos hell wie die Kleine; man glaubt, in einen Sommermorgen vor Sonnenaufgang zu schauen. Dagnys Haar ist abendlich; viel Glut ist dadurch gegangen und hat es ein wenig gedunkelt. Es ist verarbeitetes Gold und viel schwerer. Ich möchte es einmal mit meinen Händen heben. Ich möchte wissen, ob ich Dagny liebe.«

Hier ist, von der Landstraße leicht ansteigend, der Weg zum Försterhof. Zwischen den Baumreihen herab schimmert das weiße Haus durch die Dämmerung.

Zögernd geht Rolf unter den kahlen Birken. Am Eingang zum Hofplatz bleibt er stehen. Die roten Ställe und die Gesindehäuser sind geschlossen; hinter den weißen Vorhängen im Herrenhaus brennt eine Lampe und erleuchtet gelblich ein einziges Fenster.

Rolf setzt den Fuß auf die Holztreppe; er hält sich mit einer Hand an der schlanken Säule, im blattlosen Geranke des wilden Weins, das dürr aufraschelt. Im stillen Hause wird ein Knurren laut, ein kurzes Gebell; eine Hundepfote kratzt innen an der Türe.

»Finn«, ruft Rolf mit gedämpfter Stimme. »Kennst du mich nicht mehr, Finn?«

Der Hund schweigt. Alles ist wieder still. Nach einer Weile geht irgendwo im Haus eine Tür auf.

In drei Sätzen ist Rolf bei der dunkeln Wand an der Hofseite. Er lauscht. Nichts regt sich. Matt brennt das gelbe Licht im Fenster.

Noch einmal sieht er es, wie er sich unter den Birken, auf der Landstraße schon, umwendet. Es ist Nacht geworden. In leisem Winde kräuselt sich das dunkle Wasser. Drüben steht schwarz und steil der Wald vor dem fernen Frühlingshimmel.

Der Frühling – er ist das Wunder dieses kargen Landes. Er zögert und zaudert so lange, bis die Menschen müde werden, nach ihm auszublicken. Sie schauen auf die grauen Bäume, auf die farblosen Wiesen, auf die gefrorene Ackerscholle, und ihr Auge wird mißmutig. Es will die vier Wände der Stube nicht mehr verlassen. Noch liegen die Birkenscheite hinter dem schwarzen Ofen. Da, plötzlich, steht er draußen. Mit einem Male ist alles anders geworden. An einem Tage, einem einzigen Tage, ist der Frühling in die Luft gekommen, in die Erde, die weich und glänzend wird, in die Bäume, die sich dehnen und recken, in den heftiger brausenden Bach, in den sausenden, summenden, singenden Wald. Das Auge sieht es, glaubt es nicht, wagt sich tastend an Knospen, Sprossen und Schoße, glaubt und jubelt. Der Frühling ist überströmender Reichtum, jäh aufschnellende Kraft, liebliche Zartheit in diesen dunklen Tälern, an diesen dunkeln Wassern; er ist das scheue Wunder dieses kargen Landes.

Rolf legt seinen Nacken an die weiche Rinde der Birke. Sie ist kühl, vom nahenden Abend feucht; sie tut ihm wohl. »Wie Dagnys Hände, die immer kühl sind. Wie Dagnys Hände, weich und doch sicher, zart und doch so stark.«

Er schreitet hastig durch den Wald hinauf. Er stampft durch die Sträucher und Dornenranken, prescht sich durch das knackende Unterholz, springt von einer Wurzel zur andern, wenn sie knorrig und krumm aus Boden und Fels aufragen wie die Stufen einer zerfallenen Treppe. Im Hämmern des Herzblutes singen seine Gedanken: »Oben, da oben ist eine kleine Wiese, die muß jetzt voller Sterne sein, weiß über und über, und nicht weit davon schwingt sich die Bergstraße durch den Wald: dort geht nun Dagny.«

Unter den letzten, hohen Bäumen steht er atemlos still. Eine kleine Lichtung tut sich auf, weitet sich und hält in ihren dunkeln Mauern den spärlichen Abendschein wie mit zitternden Händen fest. Zwischen den Baumstämmen schimmert die Straße herüber.

»Dagny«, ruft er halblaut, und dann stärker nochmals: »Dagny!«

Durch die Stille kommt das Geknirsche hastiger Schritte, dann knacken ein paar dürre Aeste am Boden, rascheln Blätter, wippen Zweige, und unter den Bäumen hervor tritt langsam Dagny auf das ärmliche Gras der Lichtung. Ihre Füße stehen in den blassen Sternen, ihre Stirne leuchtet im abendlich verlorenen Schein. Rolf starrt ihr entgegen, rührt sich nicht. Da hebt sie lachend ihre Lippe ein klein wenig über die Zähne empor, legt den Kopf in den Nacken zurück, schreitet auf Rolf zu.

»Bist du nicht toll, daß du meinen Namen in den Wald hinaus schreist? O Rolf, Kind, Liebster!«

Er faßt ihre Hand. »Ich wußte, daß du mir entgegenschallen würdest«, lacht er.

»Und kanntest mich doch nicht, wie ich plötzlich zwischen den Bäumen stand?«

»Mir war angst, du zerflößest im Nebel, wenn ich dich berühren würde. Erst als du lachtest, traute ich meinen Sinnen.«

»Sie sind sehr unzuverlässig.«

»Sagst du dies, nachdem ich deine Gegenwart so weithin kannte? Dort unten stand ich – und wußte plötzlich, du gehest auf der Bergstraße. So sicher sind meine Sinne.«

»Glaubst du, Rolf? Ich hatte einen Gang nach Bjonlie hinaus zu tun; ich ging unten am Wasser und sah dich oben am Hang, du kamst eben aus dem Hof. So nahm ich beim Heimgehen den Bergweg. Ich bin in diesen Wäldern aufgewachsen, Rolf, und kenne das Wild und weiß, wo es wechselt.«

»So kamst du meinetwegen, Dagny?« Er legt seinen Arm um ihre Schultern. »Gott segne dich dafür, denn du kommst zu guter Stunde.«

Dagny löst sich aus seinem Arm und geht wieder über die Lichtung zurück, durch die blassen Sterne, zwischen den grauen Steinen dahin. Der Abendschein hat sich leise emporgehoben und schwebt um die Wipfel der Tannen. Der nackte Stamm einer Föhre leuchtet gedämpft.

»Dagny, wie du schreitest, sicher und still, schlank und geschmeidig wie ein Reh des Waldes. Man müßte dich singen, dich spielen können auf der höchsten Saite einer Geige. Besser wäre es noch, dich in der Sehne eines alten Bogens, wie ihn die Helden dieses Landes besaßen, klingen zu lassen: straff, mit einem leisen Jubel und Siegruf. Oder dich aufsteigen sehen in der Flamme der Johannisnacht, an der wir gesessen haben. Du bist schön, Dagny, denn alles an dir tönt in einem Lied, das nur ich höre. Alles klingt für mich, wenn du so schreitest: die Blumen dieses ersten Tages, die Stämme dieses alten Waldes, der Abend und die Luft des Abends. Und meinetwegen kamst du, sag?«

Sie gehen auf der Straße, die sich vor ihnen zwischen den Bäumen verliert.

»Ich habe dich lange nicht mehr gesehen«, sagt Dagny und blickt vor sich hin. »Oft ist mir, als wohnten wir weit voneinander entfernt, mit Bergen und Meeren zwischen uns. Einmal – wann war es? – sahen wir uns jeden Tag. Da war der Weg so kurz von deiner Stube zu meinem stillen Haus. Jetzt – muß ich dich im Walde stellen, irgendwo zwischen Fjord und Straße, wenn ich dich haben will.«

Rolf sagt leise: »Ich arbeite, Dagny. Ich kann wieder arbeiten. Ist das nicht schön?«

Sie sieht ihn rasch von der Seite her an; die Brauen über ihren Augen wölben sich hoch in die Stirne hinauf. Dann blickt sie wieder geradeaus und sagt einfach, nüchtern und kühl: »Erzähle mir von deiner Arbeit. Ich will wissen, was dich ferne von mir hält.«

Rolf geht etwas langsamer. Er schweigt.

»Darf ich es noch immer nicht erfahren?«, fragt Dagny. »Laß es. Ich bettle nicht. Ich habe es einmal getan. Ich schäme mich.«

Rolf greift rasch nach ihrem Arm. »Sprich nicht davon. Ich habe jenen Abend vergessen; ich will nicht mehr an ihn denken. Es war Winter; wir waren einsam, und hart waren wir gegeneinander. Jetzt ist Frühling. Dagny, ich glaube, ich liebe dich.«

Er schaut auf sie, die ohne zu antworten neben ihm hergeht. Er sieht ihr leicht zurückgeworfenes Haupt, ihren schmalen Nacken mit dem krausen Haar, ihre Stirn und ihren schimmernden Scheitel.

»Wenn ich dir alles sagen wollte, was mich bewegt, – glaubst du, wir wären dann glücklicher? Ist das die Liebe, daß eins dem andern die letzten Türen des Herzens aufschließt?«

Sie schweigt.

Er schüttelt langsam den Kopf. »Du mußt es mir glauben: ich arbeite. Schau um dich. Es sind Farben da, und Töne, Worte in der Luft, Gebärden im Schatten. Und jenseits von alledem bist du. In der Wirklichkeit bist du. O ja, dich liebe ich.«

Nach einer Weile zucken leis ihre Mundwinkel. »Auch ich«, sagt sie, »auch ich arbeite. Ich schreibe eine lange Eingabe der Försterei an die Regierung; der Wald beim Vaajasee drüben muß besser geschont werden.«

»Dagny!«, ruft er, fährt auf und bleibt stehen. »Du spottest über mich.«

Sie wendet langsam den Kopf und lacht dann über seine entrüsteten Augen. »Ich aber hätte meine Papiere weggelegt, wenn du zu mir gekommen wärest; ich hätte sie weggelegt und nicht mehr an den schonungsbedürftigen Wald gedacht, wenn du mich besucht hättest.«

Er lächelt. »Ich weiß, Dagny, ich weiß. Du bist gut. Ich möchte dir etwas Liebes sagen.«

Dagny fährt ruhig fort: »So hätte ich getan. Du aber, wenn du genug von deinen Papieren hast, gehst in den Wald, mit einem Mädchen spazieren, das ins Bett gehört, und erzählst ihm läppische Geschichten.«

Er schweigt und muß sich besinnen. Sie sieht ihn streng aus ihren blanken Augen an und preßt den Mund zusammen. Sie nimmt langsam die Hände aus den Taschen ihrer Jacke. Unmerklich schiebt sie den Kopf noch weiter in den Nacken zurück.

»Aber Dagny«, sagt er leise und zaudernd. »Weißt du das auch? Weißt du alles? Ingrid? Bist du auch böse auf das Kind?«

Laut lacht sie auf, ihre Kehle zittert, ihr Mund schleudert das Lachen wie einen goldenen Ball in die Abenddämmerung hinaus. Sie wirft ihre Arme um Rolfs Schultern, greift mit ihren Fingern in seine Haare, zerrt seinen Kopf herab und küßt ihn auf die Augen. Dann läßt sie ihn fahren.

»Ja, ich war böse auf das Kind. Denn es konnte nicht schweigen und erzählte mir alles am Morgen. Und dann fragte es mich: Kam er nachher zu dir?«

Rolf sieht sie an: »Was sagtest du? Ich kam zu dir?«

»Ich sagte: ja, er kam zu mir.«

Rolf legt wieder seinen Arm um ihre schmalen Schultern; sie läßt es geschehen. Er sagt: »Ich kam auf den Hof; es war spät, ihr schlieft schon alle. Da ging ich wieder.«

»Schliefen wir?«, lacht Dagny. »Schlief Finn, schlief ich? War die Türe geschlossen?«

»Was weiß ich? Der Hund wachte gut, er bellte sogar, bevor er mich kannte.«

»Das sollte er; darum hatte ich ihn gebeten, als ich ihn draußen im Flur ließ. Ich wäre davon erwacht, auch wenn ich tief über meiner Arbeit eingeschlafen gewesen wäre.«

44

»Dagny!«

»Ja. Und schwieg er nicht, als er deine Stimme erkannte? Er liebt dich ja mehr als mich. Traurig stand er noch lange bei der Tür, als wir dich beide unter den Birken verschwinden sahen.«

»Du blicktest mir nach? Und riefst mich nicht zurück?«

»Nein, ich rief dich nicht zurück.« Ihre Stimme ist plötzlich dunkel geworden. »Ich rief nur Finn zurück, als er dir nachlaufen wollte. Dann schloß ich die Tür und arbeitete weiter.«

Rolf beugt langsam den Kopf. Er spürt neben sich ihren Arm, ihre Schulter, hört den ruhigen Gang ihrer Füße auf dem knirschenden Sand des Weges, kennt den Duft ihres Körpers im Abendwind, fühlt die stolze Härte in ihrem Wort. Er sagt leise: »So bist du, Dagny.«

»Ja«, erwidert sie rasch und laut. »So bin ich. Ich bin nicht so, wie du mich träumst, wenn du müde von deinen Papieren wegschleichst. Ich lebe, wie ich muß und will. Deine Gedanken bauen dir ein Bild vor deine Augen, wie du es wünschest, und das genügt dir. Ob ich lebe, – was kümmert es dich? Deine Liebe – nun zucke nicht wieder zusammen! – deine Liebe gehört nicht mir allein. Ich muß sie teilen, mit andern Menschen, die dir das Leben in den Weg stellt, mit den Dingen rund um dich, mit deinen Bildern und Träumen, mit deinen Wünschen. Reden wir nicht davon.«

»Reden wir nicht davon«, sagt er dumpf und läßt die Hand sinken, die auf ihrem Arm gelegen hat. »Du kannst mich nicht verstehen«, sagt er mutlos nach einer Weile.

»Was soll ich verstehen?«, fährt sie auf. »Ich liebe dich. Ich brauche dich nicht zu verstehen.«

Das trotzige Wort hallt lange in der Dämmerung nach. Dagny selber zerbricht seinen Klang, indem sie leise sagt: »Warum bist du so geworden, Rolf? Ich kannte dich anders. Du betteltest nicht um Verständnis, du zaudertest nicht und fragtest nicht; du nahmst und gabst, Hand für Hand, wie beim raschen Spiel.«

»Hab Geduld, Dagny«, sagt er flehend. »Glaube mir, ich werde auch wieder so sein, wie du mich liebtest, verwegen, rasch und tapfer. Jetzt stehe ich unter der andern Macht. Du mußt mich gehen lassen, bis ich wiederkommen darf.«

Sie schweigen. Er wiederholt leise für sich: »Wiederkommen darf, wenn es still geworden ist in mir.«

»Ich hasse diese Macht«, sagt Dagny traurig. »Sie macht dich unschön. Darum hasse ich sie.«

Er lacht bitter. Er denkt an die einsamen Tage in seiner Stube, an die langen Nächte, an die Müdigkeit. »Ich weiß es«, sagt er. »Ihr seid die ewigen Feinde. Ich bin der ewige Ueberläufer.«

Er zieht sie eng an sich; im Schreiten lehnt sich ihr schlanker, starker Leib an ihn, Hüfte an Hüfte, Knie an Knie. Er fühlt, wie seine eigenen Glieder straff werden. Lächelnd legt er den Kopf auf ihre Schulter und schließt die Augen. Sie führt ruhig und sicher seinen Schritt durch die Frühlingsnacht. Er flüstert: »Ich liebe dich doch, Dagny, und in dir die Welt, die weite, lichte und dunkle, die harte und weiche, die spröde und untertänige, die nahe und ferne Welt.« Enger und wärmer schmiegt sie sich in seinen starken Arm.

Das ist der Frühling, – das Wunder dieses kargen Landes. Er zaudert lange und zögert, und plötzlich ist er da, in Erde, Luft und Bäumen, und in den Menschen. Er lockert die Schollen und reißt die Herzen auf. Saat, die gänzlich erfroren schien, drängt siegreich still ins Licht heraus, und Liebe, die verschüttet war, ist auf einmal wieder da und blüht wie Sterne im Wald, ein wenig blaß, sehr scheu und ganz leise. Und die Menschen glauben es nicht; es fällt ihnen schwer, daran zu glauben, so lange haben sie darauf gehofft, und über der Hoffnung haben sie den Glauben verloren. Der überströmende Reichtum, die jäh aufschnellende Kraft, die liebliche Zartheit überrascht sie in diesen dunkeln Tälern, an diesen dunkeln Wassern, die ihre Herzen sind. Die Liebe – sie ist das unbegreifliche Wunder.

Früh am Tage stapft Rolf in schweren Schuhen aus seiner Schlafkammer. Ueber den waldigen Bergen dämmert ein kränklicher Morgen herauf. Die Nacht ist lau gewesen; unruhig hat es vom Fjord heraufgeleuchtet, Wolken sind wie feige Tiere den Hügeln entlang geschlichen.

»Wie kann man nur so schlafen, so ruhig und von keinen Träumen gehetzt!« Er sieht vom Hofplatz zu den offenstehenden Fenstern empor, in denen sich die Sonne wie ein geschminktes Weib spiegelt.

Er geht über den Rasen nach dem Fußsteig hinüber, dem Walde zu. Beim Bach beugt er sich nieder und taucht den Kopf hinein; das Wasser schmeckt schal und ist nicht kühl. Unter den ersten Bäumen wirft er sich ins Gras, die Arme lang voran, das Haupt in die Kräuter. Seine Stirne ist heiß; eine glühende Nadel zuckt durch sein Gehirn, hin und her, hin und her.

»Dann kommt er an den breiten, dunkeln Fluß, wo der Fährmann wohnt. Das Segel gleitet wie ein Vogel aus der grauen Dämmerung herüber; es liegt aber kein Wind darin. Und Menschen steigen aus dem Schiff, voll Entsetzen, voll Angst vor dem, was sie am andern Ufer gesehen haben. Und sie wagen nicht zu erzählen –.«

Halblaut murmelt er wieder die Worte, die er in der dumpfen Nacht unzählige Male vor sich hin gesprochen hat. Und wieder steht alles still, beim selben Bilde, im selben Klang und Wort.

Er schlägt mit den Fäusten die Erde, er zerrt am Grase, er zittert.

»Soll hier alles zerbrechen?«, stöhnt er. »Finde ich keinen Weg, keinen Uebergang? Seit Tagen schon kreisen diese Sätze um mich wie dunkle Vögel, denen ich den Flug weisen soll. Ich kann es nicht, ich bin erschöpft, matt, öde.«

Er wälzt sich auf den Rücken. Seine schmerzenden Augen gleiten über den Himmel, der grünlichgrau von den grell beleuchteten Tannen zu den schwarzen Höhen jenseits des Fjords gespannt ist. Leichtes, zerfahrenes, langsam schiebendes Gewölk klebt daran.

»Dagnys Bild, Dagnys Bild überall. Zwischen den flüchtigen Worten, die ich ergreifen will: ihre kühle Hand. Zwischen den dreckigen Wolken: ihr sicheres Lächeln. In meinem Blut: ihr Sieg. So quält sie mich.« Er springt empor. »Ist es denn noch nicht Zeit, die verfluchte Stunde zu geben?«

Und er geht mit stapfenden Schritten auf den Hof zurück, schmettert die Türen auf, brüllt die Knaben aus den warmen Betten. Dann hackt er im Schuppen Holz, bis man zum Frühstück schellt.

»Es wird heute regnen«, brummt er zum Gruß.

Die Buben verziehen ihre Mäuler. »Wir wollten aufs Wasser hinaus, den neuen Mast auftakeln. Schade.«

»Warum schade?«, fährt er auf. »Ein guter Landregen kommt erwünscht. Ihr denkt nur an euch und euer Vergnügen.«

Während er spricht, höhnt er sich selber bei jedem Worte aus. Scheu sieht er zum älteren Knaben hinüber und hält seine Züge scharf in der Gewalt. Verdrossen starrt der Bube in seine Tasse. Rolf verläßt den Tisch.

In seiner Stube steht Marit mit Eimer und Besen. »Fertig«, sagt sie und lacht.

Er stößt mit dem Kopf nach dem Fenster hin und runzelt die Stirne. »Da haben wir die Bescherung. Kaum war der Frühling da, muß er versaut werden. Es wird nämlich bald regnen; ich bin ganz sicher.«

»Das hat ja nichts zu sagen,« antwortet Marit und geht mit klirrendem Eimer zur Türe hinaus.

»Nein«, sagt er, nickt und steht noch lange sinnend mitten in der Stube. Der feuchte Holzboden riecht stark und häßlich.

Im Schulzimmer lassen sich die beiden Knaben langsam am Tische nieder und legen umständlich Feder, Lineal und Papier zurecht. »Etwas flinker, ja?«, mahnt Rolf und blättert eifrig im zerknitterten Rechenaufgabenheft.

Zahlen tanzen vor seinen Augen, drängen sich dicht zusammen, stieben neckisch wieder auseinander. Er beginnt laut vorzulesen. Die Reihen der Formeln und Ziffern ordnen sich. Er lächelt. »Es ist eine Zufluchtsstätte. Ein kaltes Bad.« Er wiederholt, was er vorgelesen hat. Die Federn kritzeln. Seine Gedanken klammern sich an die Rechenaufgabe, zerren sie auseinander, lösen sie. Befriedigt sinnt er: »Wie ich früher die Schule versäumte und mich mit Kopfweh entschuldigen ließ, wenn ich glaubte, Verse machen zu müssen, so kneife ich heute den Reimen und dem Kopfweh aus, indem ich mich in Zahlen vergrabe; es büßt sich alles in Gerechtigkeit.«

Seine Lippen bewegen sich und sprechen, lesen weiter und wiederholen – und bleiben plötzlich halboffen stehen, da er mit einem

Blick den Jungen streift, der mit zusammengekniffenen Augen durchs Fenster späht und mit seinem Federhalter wie mit einer Pistole nach dem Wipfel einer Tanne zielt.

»Warum schreibst du nicht? Warum rechnest du nicht?«, fährt er den Buben an.

»Wir stehen ja gar nicht bei diesen Aufgaben, lange nicht so weit«, antwortet der Junge mit rotem Kopf. Sein Bruder kichert leise.

Eine Weile schaut ihn Rolf an, dann sagt er hart: »Du wirst diese Aufgabe lösen, sofort.«

»Aber ich kann nicht.«

»Wie? Du sagst: Ich kann nicht? – Spricht ein rechter Kerl so? Sich zusammenreißen und arbeiten, – arbeiten, hörst du? Wille muß man haben, die Zähne zusammenbeißen, Energie herausstampfen, – Energie, zum Teufel auch!«

Er zerknüllt das Rechenheft und schmeißt es aus der geballten Faust auf den Tisch. »Ein Lump, wer sich unterkriegen läßt!«, schreit er und geht aus der Stube, mit langen Schritten, die Tür hinter sich zuschlagend.

Unschlüssig steht er vor dem Haus, die Zähne in die Lippe verbissen, die Stirne rot. »Wie kann ich so sein – ekelhaft –«, stöhnt er. Nach ein paar Schritten kehrt er zum Haus zurück, tritt ans offene Fenster, ruft in die Schulstube hinein: »Lauft, wohin ihr wollt; geht, takelt euren Mast auf. Der Morgen ist zu schön, um ihn in der Stube zu verhocken. Ich gebe die Stunden frei.«

Keine Antwort kommt zurück. Da geht er über den Hofplatz davon. Der Himmel ist grau geworden wie Spinngewebe. Es fängt an leise, dumpf zu regnen.

Unter den Bäumen ist die Luft muffig, feuchtwarm. Der Regen sprüht schleierfein durch die Nadelzweige und rinnt in plumpen Tropfen den Aesten und Stämmen entlang.

Mit leichtgeneigtem Kopf, die Fäuste in den Taschen, geht Rolf durch das Geriesel. Er blickt nicht vom Boden auf, aber er schaut auch nicht den Boden an, auf dem er schreitet; nur wenn der Pfad um einen der großen grauen Steine biegt oder sich in einem Bachbett eine Strecke weit verliert, erinnert er sich hastig des Wegs, den er geht. Ebenso flüchtig und unstät schweifen seine Gedanken von Klängen zu Bildern, von Bildern zu Worten, von einem zum andern jagend ohne zu verweilen, ängstlich vor allem zurückweichend wie vor verborgenen Abgründen. Und langsam schlummert so sein Kopf ein. Es regnet. Es regnet im Wald.

»Ich glaube, Dagny kann stundenlang leben, ohne zu denken, ohne eigentlich zu denken. Sie ist wie ein Baum, schön und voll Kraft. Ich beneide sie. Darum ist sie stärker als ich. Sie weiß, daß sie immer mit mir machen kann, was sie will. Sie denkt nicht, sie lebt. Und sie hat keine Furcht vor mir. Wie Ingrid –.«

Nun bleibt er stehen. Er hört den Regen rieseln, auf die Aeste klopfen. Er sagt leise den Namen: »Ingrid, das Kind.« Er dreht sich um, geht in langen Schritten den Weg zurück, den er heraufgestiegen, beginnt zu laufen, daß die Steine polternd unter ihm davonfahren, gleitet über das feuchte Gras, über die Tannenäste, hält sich an Zweigen und Stämmen, läuft, läuft und bleibt aufatmend unter den Birken stehen, die im Sprühregen zittern und schon ganz lichtgrün schimmern.

»Ich werde Dagny überraschen. Ich werde mit ihr ausreiten; wir wollen zusammen durch den grauen Regen reiten. Sie hat keine Furcht. Ich werde sie so lange ärgern, durch meine schlechte Laune, bis sie mich gründlich ausschimpft und wieder in Lot und Senkel stellt.«

Er geht auf das Haus zu, sieht auf seine nassen, kotigen Kleider hinunter und tritt durch die Türe. Er pfeift laut vor sich hin. Während er sich umkleidet, die engen Reithosen anzieht, sich im Spiegel betrachtet und sich sorgfältig eine Schleife umbindet, singt er leise vor sich hin; dann schlüpft er in die Regenjacke und steckt die Handschuhe zu sich.

Wie ausgelöscht und erstickt vom Regen ist die Qual der Nacht und des frühen Morgens; versunken, eingeschlummert liegen die Gedanken, fern verflattert sind die dunkeln Vögel. Aus aller Müdigkeit empor schnellt sein junger Körper, strafft sich, wird geschmeidig.

Er geht den Weg durchs Dorf, an den kleinen Häusern vorbei, die hell oder rotbraun in den Gärten stehen, mit dem weißen Flaggenmast zur Seite. Er grüßt jedermann, der ihm begegnet, bleibt stehen, schwatzt, lacht. Einmal ist ihm, als sehe er ferne Bodil mit dem roten Kopftuch aus dem Kramladen treten. Er glaubt, sie komme ihm entgegen. Aber plötzlich ist sie wieder verschwunden. »Weicht sie mir immer aus?«, lacht er vor sich hin.

Dann tritt er in den Kramladen. Die Schelle über der Türe bimmelt heftig. Alle schauen auf ihn, der groß und rasch über die Schwelle kommt.

»Guten Tag«, ruft er laut. »Niels, haben wir neuen Tabak?«

»Den haben wir«, erwidert ebenso laut der Krämer und schickt den Ladenjungen darnach. Er ist gleich angesteckt von der Art, mit der Rolf weit die Türe aufgestoßen hat und jetzt flach die Hand auf den Tisch schlägt. Er läßt die andern Kunden stehn und sagt, daß alle es hören können: »Eine neue Sendung, noch nicht ausgepackt. Für den feinsten Geschmack ist gesorgt.«

Der Junge kommt zurück und Niels legt zwei Päcklein vor Rolf auf den blanken Ladentisch. Rolf stopft seine Pfeife; alle schauen ihm zu. Nachher bietet er den Männern seinen Tabak an, und sie langen bedächtig, murmelnd zu, holen ihre Pfeifen aus den Taschen, lassen das Päcklein von Mann zu Mann gehen, zerreiben das Kraut zwischen ihren schwieligen Handballen, und wie der letzte ihm die leere Düte zurückreicht, sagt er dabei: »Danke; das Loch ist ein wenig größer geworden.« Und alle lachen. Rolf aber ruft: »Niels, jedem Mann ein Päcklein von deinem Kraut!«

Der Krämer verbeugt sich leicht: »Sofort, bitte« und schickt den Jungen ins Hinterstübchen. Rolf wirft klimpernd zwei blanke Silberstücke auf den Ladentisch.

»Immer vergnügt«, schmunzelt Niels und streicht das Geld in die Schieblade.

»Warum auch nicht!«, antwortet Rolf und sieht sich im Kreise um. Wie ihm Niels herausbezahlen will, schüttelt er den Kopf: »Für den Rest Zuckerzeug; die Weiber sollen ihren Tabak auch haben.«

Diese aber lachen, drängen sich eng zusammen, wollen nicht zugreifen, wie er ihnen die Lakrizenstangen und Schokoladetaler anbietet, und wenden die Köpfe weg. Er schiebt ihnen das Zeug in die Hände, steckt es in ihre Jacken und Wolltücher und zwischen ihre Zähne.

Da steht Ingrid. Mitten unter dem kreischenden, schmausenden Weibervolk steht Ingrid. »Wie, bist du auch da?«, sagt Rolf. Ihr Haarschopf leuchtet hell auf unter den farbigen Kopftüchern und zwischen den dunkeln Gewändern. Sie blickt ihn groß an und redet nicht. Sie steht still; ihre staunenden, angstvollen, weitoffenen Mädchenaugen wenden sich nicht von seinem Gesicht, aus dem das Lachen mit einem Ruck stehen geblieben ist und nun fratzig um den zitternden Mund verblaßt.

»Ein famoser Kerl, dieser Herr Lehrer«, schmunzelt Niels, »allzeit bei guter Laune. Was kriegst du, Gunnar?«, wendet er sich an einen der wartenden Männer. Er hat die Witterung für die Luft in seinem Kramladen; der gesegnete Regen ist vorüber, jetzt muß die trockene Nachernte eingebracht werden.

Rolf nimmt still Ingrids kleine Hand und geht mit dem Mädchen zur Türe hinaus. Schrill gellt die Schelle hinter ihnen her. Nach einigen Schritten sagt er: »Gehen wir heim, Ingrid; gehen wir heim zu deiner Mutter.«

Noch immer antwortet das Kind nicht, aber es preßt mit seinen schmalen Fingerchen die große Hand, die es hält, und lehnt leise den Kopf an den starken Arm.

»Oder ist deine Mutter krank, sprich?«

Es schüttelt den Kopf. »Nein, komm nur.«

Sie gehen mitten in der Straße, biegen dann in einen Seitenweg, steigen über holprige Steine empor.

»Warum kamst du nie mehr nach Lysenstöa? Warum sehe ich dich nie mehr im Wald, kleine Ingrid? Ich habe dir eine Geschichte erzählt, von Ilselil und ihrem Mohren. Willst du nie mehr kommen?«

Sie schaut ihn langsam von unten herauf an, ihr Mund tut sich zum Reden auf, ihre Augen werden blank und feucht, und plötzlich wirft sie ihre Aermchen um seinen Leib, drückt ihren Kopf an ihn und schluchzt auf.

»Kleine Ingrid, kleines Mädchen«, sagt er und weiß nicht mehr weiter und legt eine Hand auf ihren Scheitel, rollt ihre hellen Haarsträhnen um seine Finger und sieht weithin, durch den rieselnden grauen Regen. »Nicht weinen, kleines Ding. Ich komme jetzt zu dir, wenn du nicht mehr zu mir kommen darfst.«

Er legt seinen Arm um ihre Schultern, die noch leise beben, und geht weiter. Sie flüstert stockend und schluchzend: »Nicht sagen, daß ich weinte. Bitte, nicht sagen.«

»Nein«, antwortet er laut und schreitet die Holztreppe zur Veranda empor. Die Tür steht offen.

Eine schlanke Frau erhebt sich hastig aus einem Lehnstuhl und tritt aus dem Lichte des Fensters in die Mitte des Zimmers. Rolf bleibt auf der Schwelle stehen.

»Da ist Mutter«, sagt Ingrid, löst ihre Hand aus der seinen und stellt sich von ihm weg. Sie schaut ängstlich und gespannt auf die Frau, die rasch mit der Hand über ihr Haar streicht.

Rolf verbeugt sich tief und langsam.

»Willkommen«, sagt sie, tritt näher und reicht ihm die Hand.

»Entschuldigen Sie«, beginnt er, »es war mir von ihrem Gatten nahegelegt worden, gelegentlich einen Besuch zu machen –.«

Er bricht seine Rede plötzlich ab. Die Frau scheint nicht auf seine Worte zu hören und auch nicht seine Verwirrung zu bemerken; sie weist auf einen Stuhl und sagt: »Es freut mich sehr. – Die Kleine erzählte von Ihnen; Sie waren so lieb zu ihr.«

Rolf verbeugt sich nochmals, dann setzt er sich. »Wie gefällt es Ihnen auf Lysenstöa?«, fragt sie. »Der Wald, das Wasser –: Sie leben mitten drin. Wir hier, im Dorf, – es ist schon enger hier. Ich wuchs draußen auf; Bjonlie war der Hof meines Vaters. Er liegt am Fjord unten. Sie wissen es wohl schon. Man lebt ja nicht lange hier, ohne alles zu wissen. Es ist ja auch nicht so viel –.«

Sie sitzt im leis gedämpften Licht des Regentages; ihr kleiner Kopf auf dem schlanken Halse steht in klarer Zeichnung vor dem dünnen, bauschigen Vorhang am Fenster. Das Haar ist wellig, leicht, in einem großen Knoten zusammengehalten; es scheint das Haupt ein wenig nach hinten zu beugen und leis und schmerzhaft die Haut an den Schläfen und über der runden Stirn emporzuspannen. Es schimmert wie das des Kindes, aber matter noch, wie feiner Aschenstaub aus erlöschender Kaminglut.

Rolf schlägt ein Knie übers andere und sieht dabei auf seine Reithosen. Da die Frau schweigt, will er etwas sagen. Er lächelt: »Sie denken bei sich, es sei recht sonderbar, daß ich mich in einem solchen Anzug bei Ihnen vorstelle. Ich bitte um Entschuldigung.«

»Ach! Hier auf dem Lande –. Sie kommen wohl von einem Ausritt zurück?«

»Nein«, sagt er zögernd. »Ich wollte eben das Pferd holen. Aber es hat unterdessen zu regnen begonnen. Da ist es kein Vergnügen.«

»Es regnet schon seit dem frühen Morgen«, erwidert sie und sieht ihn groß an. Er senkt den Kopf. »Uebrigens denke ich mir, es muß köstlich sein, so durch den Regen zu reiten, ohne sich darum zu kümmern.« Sie wendet ihren Kopf und blickt zum Fenster hinaus. »Ich weiß, es gibt Menschen, die das lieben.«

Er lacht. Er denkt: muß ich gehen?

»Dagny zum Beispiel«, sagt sie leise.

Er sieht sie schweigend an.

»Sie wissen, daß wir befreundet sind?,« fragt sie und wendet ihm das Gesicht wieder zu.

»Ja«, nickt er. Es bleibt still.

Plötzlich sieht sie durch das Zimmer nach der dunkeln Türe hin und sagt laut: »Aber Ingrid, Kind, was stehst du dort und rührst dich nicht? Komm doch her und setz dich zu uns.«

Langsam kommt das Mädchen durchs Zimmer, kauert auf dem Schemel nieder, lehnt den Kopf an die Kniee der Mutter.

Die Frau fragt nach den Knaben aus Lysenstöa, die Rolf unterrichtet, nach seiner Heimat und seinen Reisen. Er gibt kurze Antworten; wenn er von ihr zu reden versucht, weicht sie aus, erzählt von ihrem Kind, vom Berufe ihres Mannes.

»Er muß jeden Augenblick heimkehren; ich erwarte ihn seit einer halben Stunde. Aber sein Beruf zwingt ihn zur Unpünktlichkeit; das ist ihm selber das Unangenehmste daran. – Ingrid, geh doch und sieh nach, ob sein Tee warm steht. – Mein Mann wird es sehr bedauern, Sie verfehlt zu haben.«

Jetzt erhebt sich Rolf. »Ja –,« sagt er und blickt sich rasch im Zimmer um. »Ach, Ihr Flügel –. Sie spielen. Ich habe lange, lange nicht mehr spielen hören.«

»Wirklich nicht?«, fragt sie langsam und sehr erstaunt. »Aber Dagny erzählte mir doch, Sie liebten Musik. Ich dachte, Dagny hätte Ihnen häufig vorgespielt –.«

»Fräulein Dagny? Nie. Ich habe sie überhaupt nie spielen hören; ich ahnte kaum, daß sie spielt. Ja richtig, sie sagte wohl einmal –«

»Dagny liebt es, sich zu verstellen.«

»Finden Sie?«, fragt er lächelnd. Seine Mundwinkel verziehen sich spöttisch.

»So zum Vergnügen, meine ich«, sagt sie leise.

»Vielleicht. Aber ernstlich kaum; sie hat es ja gar nicht nötig.«

»Nein. Vielleicht nicht«, lächelt sie und sieht auf ihre Hände herab, die in den dunkeln Falten ihres Kleides halb verborgen liegen und weiß schimmern.

Ingrid kommt ins Zimmer zurück und ruft von der Türe her: »Vater ist da.«

Schritte schallen im Flur. Der Doktor tritt ein. »Wirklich, da muß ich gerade ausgefahren sein, wenn Sie mir die Ehre und das Vergnügen machen! Sie haben es schlecht getroffen, mein Lieber. Bitte, nehmen Sie doch wieder Platz.«

»Danke«, sagt Rolf. »Länger kann ich nicht bleiben.«

»Sie werden uns doch nicht weglaufen wollen? Eine Tasse Tee, ein Gläschen, bei diesem Hundewetter!« Er nimmt seinen Arm und will ihn zum Stuhle führen.

Rolf schüttelt den Kopf. »Sie sehen, ich bin in Reitkleidern. Es ist mir nicht möglich. Man erwartet mich. Fräulein Dagny erwartet mich.«

Der Doktor runzelt die Stirne. »Diese Pflicht geht voran.« Er lacht laut auf. »Aber darf man Sie nicht abhalten?«

»Es geht nicht«, sagt Rolf.

Der Doktor pfeift leise durch die Zähne und wendet sich rasch zu seiner Frau. »Inga, was denkst du: wir schicken die Kleine nach dem Försterhof und lassen Dagny heraufkommen? Dann ist allen geholfen!« Er sieht Rolf lachend an.

Dieser verbeugt sich tief vor der Frau im Lehnstuhl, die ihm ihre kleine Hand reicht. Dann sagt er zum Doktor: »Sie sehen doch, daß Dagny und ich ausreiten wollen. Danke schön. Leben Sie wohl, Herr Doktor.«

Bei der Türe drücken sich die beiden Männer die Hand, steif und kurz. Ingrid sieht dem Davonschreitenden nach, der sie beim raschen Abschied vergessen hat. Sie preßt die Stirne an die Fensterscheibe, an der die Regentropfen herabsickern.

Sie erblickt ihn noch unten auf der Straße; er wandert durch den Regen dahin, schreitet dem Walde zu, verschwindet im grauen Geriesel. Sie sagt leise: »Er geht ja gar nicht nach dem Försterhof.« Niemand hört sie.

Sommer

Ein Pfeil schwirrt gegen den Himmel. Steil stößt sein Flug ins Blaue hinaus. Eine Spanne Zeit, ein Augenzwinkern, einen Hauch lang schwebt das schwanke Geschoß zuhöchst auf dem luftigen Bogen; es flimmert im weißlichen Licht, das seine geschliffene Spitze durchritzt. Dann sinkt es, fällt rascher wieder, zischt in die Schatten der Erde zurück, steckt zitternd im grasigen Boden fest.

Also ist der Sommer in diesem kargen, in diesem verschwiegen reichen Lande: ein steiler Bogen ins Licht. Die auffunkelnde Höhe, das flimmernde Schweben, das hauchlange Ausruhen vor dem Sturz: dies ist die Johannisnacht. Sie ist die Erfüllung des Jahres, die Wende. Sie füllt den Becher mit dem letzten Tropfen; zittert die Hand, so verschüttet er sich.

Ein Boot löst sich vom Strand. Die Ruder tauchen langsam ins Wasser, schweben dann eine Weile über der quirlenden Flut, schnellen nach vorn und tauchen wieder hinab. Das Boot schießt dahin; seine Spur schimmert über gründunkeln Tiefen auf.

Dagny hebt den weißen Arm vom Bootrand. »Du mußt drehen«, sagt sie und reckt die Hand mit gespreizten Fingern seitwärts. »Wir haben die Höhe der Landspitze.«

Rolf zögert, rudert langsamer. »Wenn wir nach Engnes hinüberfahren, sehen wir alle Feuer dem Fjord entlang, auf Bjonlie, bei uns, auf Sörum und weiter noch. Es ist bald Mitternacht, dann werden sie aufflammen.«

Dagny lacht, schüttelt den Kopf. »Ich will dabei sein. Wir wollen beim Feuer tanzen. Warum holtest du mich sonst in der Johannisnacht?«

Er stemmt das rechte Ruder fest, wendet das Boot. Sie lehnt den Kopf zurück, auf die Brüstung. Sie liegt mit offenen Armen, ihre Hände halten den Bootsrand, sie hat die Knie an den Leib gezogen. Weiß leuchtet ihr Kleid in der leise verhängten, kürzesten Nachtstunde des zitternden Sommers.

Rolf sieht ihre Gestalt, ihr aufwärtsgewandtes Gesicht mit den großen Augen, die sich nicht regen, mit dem lächelnden Mund, aus dem die Zähne schimmern, mit dem unruhig flatternden Haar über der glatten Stirne. Er reißt an den Rudern, daß ihr Leib jäh erschüttert wird. Sie schaut lange auf ihn: wie er den Abstand vom Lande mißt, mit zusammengekniffenen Augen.

An der Landzunge von Lysenstöa legt er bei. Der Kiel knirscht zwischen zwei Steinen, furcht den Sand, steht fest. Rolf springt ans Land, zieht das Boot hinauf, reicht Dagny die Hand.

»Danke«, ruft sie hell, und ihr Leib streift ihn im Sprung. Dann schreitet sie durch die Büsche empor, während Rolf das Boot vertaut.

Auf dem Rasen, zwischen den grauen Felsblöcken, ragt der Holzstoß. Eine zuckende Flamme klimmt an ihm empor, beleckt seine Ecken, züngelt zwischen die Reisigbündel hinein, überglüht ihn jäh und zerrt ihn prasselnd auseinander. Die Funken steigen wie flatternder Samen aus einer im Winde sich wiegenden Blume empor. Sie verblassen vor dem silbernen Himmel, der weit von Berg zu Berg leuchtet.

Stampfend reißen die Burschen ihre Mädchen in den flackernden Schein, breit wirbeln die Röcke, flattern die Kopftücher, und stieben wieder in die graue Dämmerung zurück. Jens streicht die Geige; man sieht ihn nicht im wogenden Gewühl. Schriller Schrei durchstößt sein lüpfiges Lied.

Lachend biegt Erling seinen Nacken zurück, brüllt Rolf zu: »Ist Bodils rotes Kopftuch nicht schön?«

Dagny blickt Rolf von der Seite her an. »Was will er sagen?«, fragt sie. »Komm, tanz mit mir.«

Er legt rasch die Arme um ihre Hüften, zieht sie in den Kreis und führt sie durch das Gedränge. Er spürt unter seinen Händen ihren straffen, bebenden Leib, spürt ihren Hauch auf seinen Wangen, ihren Duft, ihre Wärme.

»So liebe ich dich«, flüstert sie. »Sag, daß du mich mehr liebst als alles.« Er antwortet ihr nicht, aber sein Mund lacht. Sie nickt. »Du hast es gesagt.«

Sie entgleitet ihm. Er sieht ihre schlanke Gestalt im Feuerschein; dann ist sie nicht mehr da. Spähend gehen seine Augen durch die

Dämmerung, die wie ein grauer Ring die Tanzenden enger zusammendrängt.

Erlings breites Gesicht starrt ihn an. Rolf zuckt auf. Der biegsame, huschende Leib, den seine starken Arme wie ein gebrechliches Spielzeug durch den Reigen tragen, er ist nicht Bodils Bauerngestalt, derb, stark und schnellend. Rolf reckt den Hals. Er sieht ihren Kopf, ein weißes Gesicht, einen offen atmenden Mund, geschlossene Augen, als ob sie schliefen.

Rolf wendet sich weg, streift durch das Gras, blickt über das dunkle Wasser. Die Waldberge stehen finster in der webenden Dämmerung. Er sieht die Häuser von Lysenstöa oben am Hang. Er hört die Geige. Alles ist gleich fern, gleich nahe im flutenden Zwielicht der kurzen Nacht.

Wieder kehrt er zurück zum Ring. Er sucht Dagny. Mädchen stehen herum, schwatzen, spähen, weichen Blicken, Worten und Griffen lachend aus. Er ruft: »Sah jemand Dagny?«

Er blickt der nächsten ins Gesicht.

Er kennt sie nicht. Ihre Augen sind jetzt offen, grau, forschend und starr. Ihre Arme liegen eng am schmalen Körper. Ihre Stimme ist wie die eines Knaben. Sie sagt: »Ich bin nicht Dagny.«

»Nein«, stammelt er. »Ich weiß nicht, wer du bist. Willst du mit mir tanzen?«

Sie geht an ihm vorbei. Die Mädchen kichern. Rolf beißt die Zähne zusammen. Er dreht sich weg.

Langsam steigt er durch das Gras über den Hang hinauf. Hell lodert noch der Holzstoß hinter ihm. Der leise Wind trägt Funken über sein Haupt hinweg; erlöschend sinken sie zur Erde.

Am grauen Felsblock, um den der Pfad emporklimmt, steht Bodil. Ihr Rücken lehnt am Stein, ihre Ellbogen stützen sich auf die rauhen Kanten. Sie sieht Rolf erst, wie er, aus dem Dunkel aufwachsend, vor ihr steht.

»Warum tanzest du nicht?«, fragt er.

Sie hebt die Hand zur Stirne, zieht das rote Kopftuch tiefer herab und wendet ihr Gesicht weg.

Er legt seine Hand auf ihren Arm, der leise zuckt. »Laß mich«, bittet sie.

»Weil Erling dich vergaß?«, lacht Rolf. »Wer ist sie, die Fremde?«

»Ich kenne sie nicht«, antwortet Bodil hart.

»Sie kommt, alle machen ihr Platz, sie ergreift Erling bei der Hand, er läßt mich fahren. Meinetwegen, – er soll nur nicht glauben, ich weine um ihn. Der Schuft.«

Rolf sieht ihre starken Zähne, ihre buschigen Brauen, das krause Haar, das unter dem Kopftuch hervorquillt. Aber ihre Augen blitzen feucht und ihr Arm zittert. Er schiebt seine Hand über ihren feuchtkühlen Nacken empor, löst den Knoten ihres Kopftuchs, streift es von den Haaren.

»Was tust du?«, schreit sie erschrocken auf. »Erling hat es mir verboten –.«

»Erling?«, höhnt er. »Mußt du ihm gehorchen?« Ihre Hände, nach seiner Beute rasch ausgestreckt, sinken schwer herab. Sie neigt den Kopf. »Du – du treibst doch nur Spaß mit mir«, flüstert sie. »Allen dient man nur zum Spässemachen. Alle seid ihr so.«

Rolf lacht und will reden. Ueber ihnen am Hang knirscht der sandige Pfad unter eilenden Schritten. Dagnys weiße Gestalt steht im Gebüsch. Bodil ist im Dunkel versunken. »Dagny, Dagny!«, ruft Rolf. »Wo kommst du her?«

Sie fährt zurück, ihr Lauf stockt, sie verbirgt ihre Hände auf dem Rücken. »Ich komme«, sagt sie verwirrt und hastig. »Ich war nur geschwinde oben, – oben bei dir. Ich habe dir etwas in dein Zimmer gestellt, ein paar Blumen.«

Rolf stopft das rote Kopftuch in seine Rocktasche. »Ich suchte dich überall«, sagt er vorwurfsvoll.

Dagny steigt herab. »Jetzt bin ich da«, jubelt sie. »Komm, zum Feuer.«

Sie legt ihren linken Arm um seinen Hals, reißt seinen Körper an sich, daß er taumelt, küßt ihn heftig auf Schläfen, Haar und Nacken. »Sei mir nicht böse«, flüstert sie. »Ich tue, was du willst. Ich liebe dich. Ich tue alles für unsere Liebe.«

Eng aneinandergeschmiegt jagen sie, von ihrem lachenden Ungestüm dahingerissen, den Hang hinab, auf das Feuer zu, das in weiße Glut zusammensinkt. Lauter noch kreischen die Schreie durch die dämmerige Sommernacht, wilder stampft der Reigen.

Beim Feuer hält Dagny jäh in ihrem Lauf inne, ihr rechter Arm fährt in die Flamme, ihre Hand öffnet sich, schleudert etwas von sich, kehrt leer aus der zitternden Hitze zurück.

Sie jubelt: »Nun gehörst du mir. Nun ist keine Schranke mehr da. Nun ist nur das Leben noch da, um uns, in uns, in dir und mir, überall!«

Höher schlägt hinter ihr noch einmal die Flamme empor; der rote Schein übersprüht ihre Gestalt, ihr Nacken und Haar schimmert auf. »Du bist schön, Dagny«, sagt Rolf. »Dein Angesicht glüht, es geht ein Licht von ihm aus.«

Sie reckt beide Arme gegen das Feuer: »Dorther kommt das Licht, ich bin nur Spiegel –«, und verstummt plötzlich. Ihre Augen starren in die Flammen, sehen was sich dort krümmt und aufschnellt, vom Luftzug emporgewirbelt wird, – halbverbrannte Blätter, wie blinde, taumelnde Vögel.

Es ist still geworden um sie. War die Stille immer? Dagny wendet jäh den Leib. Die Augen Aller prallen auf ihre lichtüberlohte Gestalt. »Was gafft ihr?«, schreit sie und hebt den Arm.

Rolf ist erschrocken. Er blickt vom einen zum andern. Alle starren auf Dagny, die Burschen, die Mädchen, als trüge sie ein Mal an sich, das plötzlich offenbar geworden. Nur eine, nur die Fremde sieht nicht Dagny, späht nach ihm. Ihre grauen Augen sind klarer als die graue Dämmerstunde der Mittsommernacht. Rolf zuckt zusammen. Dann hebt er den Kopf, begegnet ihrem Blick, bricht ihn. Sie schreitet langsam nach vorne, ihre Arme liegen eng am schmalen Leib und rühren sich nicht beim Gehen, sie kommt auf Rolf zu, ihre Wimpern zucken nicht, sie stockt, zaudert, wendet sich und steht vor Erling. »Komm«, sagt sie mit ihrer Stimme, die hart wie die eines Knaben ist, »komm, ich will nach Hause, begleite mich.« Und Erling folgt ihr aus dem Ring. Grau verschwinden sie zwischen den Felsblöcken, im hohen Gras.

Die Geige tönt. Der Kreis öffnet sich, Bewegung durchflutet ihn wieder. Die Paare gleiten zwischen Rolf und Dagny hindurch. Der alte Jens hockt auf einem Stein; das lange Haar hängt wirr über seinen Hals herab, sein Kinn klemmt die Geige gegen die Brust, sein Arm fuchtelt in der Dämmerung. Rolf verläßt den Tanzplatz.

Am Strand steht Bodil.

»Weinst du?«, fragt Rolf. »Hier ist dein Kopftuch. Da, nimm es. Erling hat es dir geschenkt. Ich wollte es dir nicht stehlen.«

Sie wirft das Tuch über die Haare, knüpft es im Nacken und schweigt. Der See wirft leichte Wellen auf den Sand, scheuert sich leis an den Steinen.

»Willst du mit mir tanzen?«, fragt Rolf.

Sie schüttelt den Kopf. Sie wendet sich weg, ihre Schultern heben sich, ihr Nacken ist weiß unter dem dunkeln Tuch und bebt leise; sie schluchzt. Rolf legt seine Hand auf ihre Schulter. Ihr Zittern durchrieselt seinen Arm. Der See klatscht praller an die Steine.

Dagny steht plötzlich neben ihnen.

»Lösest du das Boot?«, fragt sie. »Ja, wir wollen fahren. Mitternacht ist vorbei.«

Rolf beugt sich zur Kette, streift sie über den Stein herauf, wirft sie klirrend ins Boot. Er faßt den Kielrand mit der einen Hand, die andre reicht er Dagny. Sie schreitet vom Stein hinüber ins Boot, sie schwankt, ihr schwebender Fuß sucht einen Halt und tritt auf Rolfs Hand. Ihr Absatz klemmt seine Knöchel gegen die Bordwand, gleitet schlürfend über seine Finger, quetscht sie und zerrt die Haut von ihnen.

»Was war das?« fragt sie erschrocken, während sie sich am andern Ende des Bootes niederkauert. »Trat ich dich? Tat ich dir weh?« Sie breitet ihr weißes Kleid vorsichtig rund um sich aus, schlingt ihre Arme um die Kniee und zieht sich vor der aufsteigenden Feuchtigkeit des Sees eng zusammen.

Rolf legt die Ruder aus und will vom Ufer abstoßen. Er zögert noch, wendet sich um: »Kann Bodil mitfahren?«

»Ach, Bodil –«, ruft Dagny. »Willst du das Boot vom Lande schieben? Sei so gut und hilf uns!«

Mit einem Ruck stößt Rolf vom Steine ab. Sie gleiten hinaus. Gurgelnd strudeln die seichten Wellen hinter dem Bug zusammen. Dann dreht Rolf das Boot und rudert mit weiten Schlägen. Die Hand schmerzt; sie umklammert brennend das Holz.

Ueber dem grauen Wasser hängt der Himmel hoch und hell. Das Licht, kaum hinter den Bergen versunken, steigt schon wieder empor. Dunkel ruhen die Wälder. Ihre Kämme stechen spitzzackig in die Dämmerluft, durch die das kühle Geflimmer der frühen Morgenstunde zuckt.

Am flachen Strand beim Försterhaus legt das Boot schaukelnd an. Rolf reckt seine Hand vom schwanken Stege aus; Dagny ergreift sie, mit nachtkühlen Fingern, sehr vorsichtig, sehr zärtlich, und läßt sie nicht mehr fahren, wie sie neben ihm am Lande steht. Sie beugt sich plötzlich tief, ihre Lippen liegen auf den geschundenen Fingern, auf der schmerzenden Haut, ihre feuchten Augen preßt sie gegen Rolfs Knöchel, ihre Stirn schlägt an sein müdes, steifes Gelenk. »Tat ich dir weh, so verzeih«, flüstert sie. Und wieder küßt sie seine Hand.

Rolf schaut über ihren Nacken, über ihr Haar hinweg in die schimmernden Wiesen, die der Morgenwind kämmt. Ein klarer Tag drängt über die Berge empor. Die Birken am Wege heben rauschend ihr Gezweig.

»Du hast mir weh getan, Dagny, und du küssest meine getretene Hand. Die kurze Nacht ist vorbei, die kürzeste im Jahr, und sie hat dein Blut unruhig gemacht. Du bist hart und weich, und du weißt nicht, was du tun sollst. Du sollst mich lieben, Dagny.«

Sie wirft den Kopf empor. »Sagst du dieses?«, ruft sie, leise lachend. »Komm, wir wollen deine Hand waschen, wir wollen nicht voneinander gehen, bis der Tag herauf ist, in meiner Stube wollen wir ihn erwarten, in deinen Augen will ich ihn erwachen sehen. O wüßtest du, wie ich dich liebe! – Nein, laß mich gehen, geh selber heim. Dann wirst du erfahren, wie ich dich liebe. Morgen komme ich zu dir; wirst du allein sein?« Rolf nickt.

»Geh nun, geh«, drängt sie. »Ich werde wach liegen und dich sehen, wie du heimwärts gehst und in dein Haus trittst, in deine

Kammer, und ich werde auch dort sein. Du wirst mich finden; ich weiche nicht mehr von dir. Denn jetzt gehörst du mir, ganz.«

Rolf hebt seine Hände zu ihr. »Und du, Dagny?«

Sie weicht zurück. »Geh; erst sollst du wissen, was ich tat. Es soll kein Betrug sein zwischen uns.« Ihre helle Gestalt huscht durch das fahle Licht des Hofes; leise geht die Haustüre hinter ihr zu.

Rolf steigt durch die tauigen Wiesen empor. Sein Fuß ist müde, sein Körper schlaff. Auf der Höhe schreitet er rascher. In seinem Ohr hallen Dagnys Worte. Sein Auge sucht Lysenstöa, sucht das rote Haus, das klein und dunkel im grauen Morgen steht.

Am Hofgatter begegnet ihm Jens. Er hat die Geige unter den Arm geklemmt, ein schwarzes Tuch ist straff und vorsichtig um sie geschlungen. Er schiebt eine Haarsträhne aus der Stirn und lächelt Rolf unsicher zu. »Ein schönes Johannisfeuer«, sagt er. »Dieses Blatt hat der Wind aus der Asche geweht. Ich nahm es mit mir, denn ich kenne Ihre Handschrift. Gott weiß, wohin es noch geflogen wäre. Es ist angesengt, aber noch gut lesbar.« Er streckt einen Papierfetzen von sich.

Rolf ergreift ihn hastig. Der schwarze Rand zerstäubt in Asche unter seinem Griff. Er starrt auf das Blatt.

Dann stößt er die Tür auf, tritt in seine Kammer, durchspäht das webende Zwielicht.

Ein Stuhl steht quer im Gemach. Die Schieblade am Tisch ist aufgerissen, ihr Inhalt durchwühlt. Die Papiere sind nicht mehr da.

Rolfs Hand zerknittert zuckend das geschwärzte Blatt. Er schüttelt langsam den Kopf hin und her.

»Vermissen Sie etwas?«, fragt Jens. Er steht auf der Steinschwelle vor der Türe; seine wirren langen Haare zittern im Morgenwind. Hinter ihm bricht die frühe Sonne flimmernd über dem Walde auf. Ihr Licht rötet das rissige Gebälk; nun liegt es warm und spielend auf der weißen Tischplatte. Rolf schließt geblendet die heißen Augen.

Der Sonntag verglüht langsam. Sein dunstiges Licht strömt über die Berge hin, der untergehenden Sonne nach. Ueber den Kämmen und waldigen Kollen zittert es noch, schräg durchstoßen von den silbernen Strahlen. Der Fjord liegt schon im Schatten, glatt und dunkel. Auf Lysenstöa ist es still. Das ganze Tal ist still. Nur das Licht wandert langsam, die Hänge hinauf. Leuchtender Dampf steigt aus den Wäldern. Zwischen den Tannen, heller schon, schimmern die Birken. Breite Ackerstreifen sind graugelb; die Schollen liegen hart und trocken zwischen den Stoppeln.

Rolf stützt die Büchse mit dem Kolben aufs Fensterbrett und reibt mit dem Lappen den Lauf blank. Er hebt ihn aus dem Holz, schaut blinzelnd durch seine gerippte Höhlung, legt ihn vorsichtig hin.

So still ist es auf Lysenstöa, daß Rolf behutsam nur mit Hahn und Schloß knackt. Weiß Gott, wo die Menschen sind. Die Knechte und Mägde wohl im Wald, in den Beerenstrichen, im Unterholz. Der Bauer ist weggefahren, die Buben sind am Wasser. Die Stille des Sommersonntags scheucht sie vom Hof, von der Arbeit, vom Zusammensein. Bald kommt der Herbst; er wird sie wieder sammeln; er wird sie aneinander und an die Stuben gewöhnen.

Tabaksrauch tanzt durchs offene Fenster, bläuliche, schwebende Wölklein. Rolf schraubt die Büchse wieder zusammen, Stück um Stück; seine Hand streichelt über Eisen und Holz. Die Büchse riecht nach Pulver und Harz; wo hat sie den Harzgeruch her? Sie riecht nach dem Wald, nach dem Herbst, nach einer gefällten Tanne, auf der sie gelegen haben mag, während Rolf im trockenen Moos rastete.

So still ists auf Lysenstöa, daß Rolf einen Schuh leise gegen die Steinschwelle vor dem Hause stoßen hört. Er lauscht eine Weile. Nichts regt sich mehr. Er glaubt, er habe sich getäuscht. Da klopft es sachte an die Tür. »Ist jemand draußen?«, ruft Rolf.

Behutsam wird der Griff niedergedrückt und die Türe aufgeschoben. Ingrid steht auf der Schwelle.

Er stellt das Gewehr in die Fensternische und faßt Ingrids Hände.

»Kleine, gehst du so allein im Sommerabend? Kommst du zu mir? Erschreckt dich die Stille nicht?«

Er hebt sie hoch empor an seine Brust und trägt sie ins Zimmer. »Sprich, Ingrid, sag etwas. Sag, daß du gerne zu mir gekommen bist. Einmal, ein einziges Mal in diesem Sommer!«

Sie schaut ihn groß an. Sie sagt: »Ich soll Sie bitten, zu uns zu kommen, und Vater und Mutter lassen grüßen.«

Sie beugt ihren Kopf weg von seiner Wange, die er auf ihr helles, wirres Haar gelegt hat. Sie stößt leicht ihre Hände gegen seine Brust; er läßt sie zu Boden gleiten. Sie geht wieder auf die offene Türe zu und schaut sich scheu in der Stube um, nach den kleinen Bildern an der rotgestrichenen Wand, nach den Büchern auf dem Brett, nach der Büchse und dem Rucksack, der am Gebälke hängt.

»Bleibe, bleib noch eine Weile bei mir«, bittet er, fast mutlos und ganz leise.

Sie schüttelt den Kopf. »Vater erwartet mich im Wagen drunten auf dem Strandweg«, sagt sie. Sie geht zur Türe hinaus, ohne ihn anzuschauen.

Und wieder ist es ganz still auf Lysenstöa. Die Stube ist weniger hell, die Sonne ist verschwunden. Nur auf den waldigen Höhen leuchtet sie noch in den Föhrenstämmen und im buschigen Geäst.

Langsam räumt Rolf seine Stube auf, nimmt die dunkeln Kleider aus dem Schrank, zieht sich um und verläßt das Haus. Zaudernd steigt er zum Dorf hinunter. Manchmal bleibt er am Wegrand stehen, schaut über die Hänge hinaus, über den See.

»Warum gehe ich nun zu diesem Doktor?«, sagt er laut vor sich hin. »Ich habe nichts mit ihm zu tun. Er langweilt sich, er will Gesellschaft haben, er läßt mich holen. Ich werde bald von hier wegziehen. Nun hat auch Ingrid Angst vor mir. Nun habe ich bald alles verloren.«

Der Doktor tritt ihm schon im Flur entgegen, begrüßt ihn laut und schiebt ihn ins Zimmer. »Es ist mir eine große Freude, wirklich, eine rechte Freude,« wiederholt er einmal ums andere. »Ja, ja doch«, murmelt Rolf.

»Man hat selten Zeit, nicht wahr?«, fährt der Doktor fort, »und weiß auch nicht immer, obs paßt.« Er lacht und schließt dabei die Augen.

Rolf steht unbeweglich am kühlen, weißen Ofen. Er sieht über die Möbel hin, die steif und aufgeräumt den Wänden entlang geordnet sind; die grünen Sessel drehen ihre gepufften Polsterrücken dem Flügel zu, der aus der dunkleren Stubenecke matt hervorglänzt.

»Wo bleibt die kleine Ingrid, die mich einladen kam?«, fragt Rolf.

»Ingrid? Sie geht wohl zu Bett; sie wird natürlich nicht mit uns speisen«, erwidert der Doktor.

»Sie erwarten doch nicht etwa größere Gesellschaft?« Rolf ist schon halb auf dem Wege zur Tür.

Der Doktor hebt die Hand. »Keine Angst. Was glauben Sie auch? Ein intimer Kreis, kein Gedränge. Uebrigens – bloß Dagny. Und da ist sie schon. Sie treffen sie im Gang –.« Rolf rührt sich nicht. Er sieht den Doktor an, der vergnügt im Zimmer auf und abgeht und nun die Tür aufreißt und in den Flur hinausruft: »Welches Vergnügen! Hereinspaziert! Guten Abend, Dagny.«

Er verbeugt sich. Zugleich mit Dagny tritt Frau Inga über die Schwelle. Rolf sieht nur Dagnys lächelnde Augen und ihren halbgeöffneten Mund. Er denkt: Sie kommt ruhig hierher, als wäre nichts geschehen –.

Da merkt er, daß er sich auch schon über ihre Hand beugt, die er ergriffen hat, ohne es zu wissen. Er hat keinen Schritt getan, und plötzlich stand sie vor ihm. Erst wie sich ihre kühlen Finger mit leisem Druck um seine zuckenden Knöchel legen, fährt er zusammen. »Schmerzt es noch?«, flüstert sie. Er hebt den Kopf, schaut über sie hinweg.

Kaum grüßt er Frau Inga, die neben Dagny getreten ist. Sofort wendet er sich wieder an diese, zu welcher sich schon der Doktor gestellt hat, und mitten in dessen lärmende Worte: »Wie, Fräulein Dagny, das war nicht immer« – zischt sein Hohn: »Du kamst heute nicht, Dagny? Ich war allein.«

Dagny sieht ihn groß an, in seine bösen Augen, auf seinen verächtlich verzogenen Mund. Der Doktor lacht und fragt: »Hatte sie versprochen?«

Rolf dreht sich rasch zum Doktor hin und sagt, nach kurzem Zögern, halblaut: »Gebeten hatte sie darum.« Dann tritt er ruhig zu

Frau Inga, die leise mit der Hand über die gestrickte Tischdecke streicht und zu ihm aufschaut, wie er neben ihr steht.

»Warum kamen Sie?«, murmelt Frau Inga. »Sie hätten absagen dürfen. Sie ahnten doch, was mein Mann vorhatte. Ich – konnte es nicht verhindern.«

Rolf sieht sie fragend an. Dann zuckt er die Achseln. »Ich freute mich darauf, mit Ihnen zu sprechen. Ich bin gerne hier. Nur Ingrid fehlt.«

Die Frau senkt ihren Kopf. »Ingrid weint in ihrer Schlafkammer. Ich höre es durch alles Gerede hier. Es ist alles so traurig. Warum tun sich die Menschen solches an?«

Ihr stilles Wort liegt wie eine würgende Faust an seiner Kehle. Er sieht zu Dagny hinüber. Sie plaudert mit dem Doktor, sie lacht; ihr tut nichts weh.

»Sie haben recht, so zu fragen«, sagt Rolf und beißt die Zähne zusammen. »Wir behandeln einander roh. Sie vergessen aber, daß nicht alle darum weinen. Es ist nicht jedes von uns wie Ingrid. Ihr müßte man die Hände unter die Sohlen legen.«

Frau Inga hebt ihren Kopf noch immer nicht. »Ja, die Hände unter die Sohlen legen«, wiederholt er und sagt es nun ganz laut.

»Ho, von wem spricht man dort?«, ruft der Doktor und zieht Dagny mit sich an den Tisch. »Lassen Sie hören. Vielleicht interessiert es auch uns, auch Sie, Fräulein Dagny.«

»Darf ich zu Tisch bitten«, sagt Frau Inga und erhebt sich rasch.

Der Doktor stößt die Schiebetüre zur Seite und bietet Dagny den Arm. Er geht breit und geschäftig neben ihr her und lacht von der Schwelle aus über die Achsel nach Rolf zurück. »Kommen Sie«, sagt Frau Inga leise und legt ihre Hand in seinen Arm. Er geleitet sie an ihren Platz. Der kleine runde Tisch ist hell bedeckt. Der Doktor schenkt den Wein.

»Wer weiß, wann wir wieder so gemütlich beisammen sitzen?«, sagt er und hebt sein Glas.

Sie trinken schweigend.

Dagny erzählt von einer Freundin. »Du kennst sie auch, Inga. Sie war mit uns auf der Schule. Ihr Mann ist in den Tropen, irgendwo, und pflanzt Zucker. Sie reist ihm nach.«

»Ich glaube, meine Frau würde mir niemals nachfolgen«, wirft Doktor Holmby ein.

Frau Inga lächelt. Sie sagt leise: »Ich hätte wohl Heimweh.«

»Haben Sie nie Fernweh gehabt?«, fragt Rolf.

Dagny neigt den Kopf zur Seite. »Fremde Länder sehen, die Welt sehen, – gerade die Tropen –.«

»Nicht so meine ich«, unterbricht Rolf ihren Seufzer. »Sehen, sehen: was ist das? Einer Wegbiegung nachgehen und eine neue auftauchen fühlen, einem Strand entlang wandern und die Wellen hören, nicht wissen, wo man ist, – fremd sein, ganz fremd. Aber du würdest immer nach einem Ziele reisen, Dagny.«

Man schweigt. Der Doktor gießt neuen Wein in die Gläser. Er hebt prüfend das seine ins Licht empor. Rolf starrt auf den Teller. Wenn er zu reden begänne –, denkt er.

»Auf alles, was zusammengehört!«, sagt Doktor Holmby und nickt Dagny und Rolf zu, trinkt dann mit einem kurzen Blick auf seine Frau und setzt das Glas nieder.

Rolf beeilt sich, den Doktor auf andere Gedanken zu bringen. »Der Wein ist gut«, sagt er.

»Ja, finden sie? Das freut mich.« Und er beginnt ihm zu berichten, wo und wann er ihn gekauft habe.

»Ein guter Tropfen«, wiederholt Rolf.

»Nun aber erzählen Sie«, drängt der Doktor. »Es ging so lange, bis wir Sie einmal an unsern Tisch kriegten. Wir mußten damit Vorlieb nehmen, was Dagny uns berichtete. Erzählen Sie. Sie waren doch draußen, in der Welt? Also –«

Rolfs Augen streifen Frau Inga, die still vor sich hinblickt. Ihre Stirne ist gerötet. Ihre Hände schieben leise die Gerichte vom einen zum andern. Wenn ihr Mann spricht, hält sie erschrocken inne; ihre flachen Hände fahren zum schimmernden Haar empor, einen Augenblick, und regen sich dann ruhig weiter.

Rolf schämt sich seiner Gereiztheit. Und mit heiterem Lächeln blickt er den Doktor an. »Gerne, ja, wenn es Ihnen Spaß macht.« Erstaunt hebt Dagny den Kopf. Der Doktor strahlt.

Die Mahlzeit verläuft in festlicher Stimmung. Rolf hat das Wort; er erzählt in einem Zuge, von fremden Städten, von seltsamen Ereignissen, von fernen Menschen und Gebräuchen. Er geht auf lange vergessenen Pfaden durch seine Erinnerung, die bunt und gestaltenreich ist, und die helle Sommernacht steht sonderbar blaß vor den weit offenen Fenstern, durch die der Klang seiner Worte schwebt, durch die der Blick sinnend schweift. Man hört ihm zu, man hat die Gabeln und Messer hingelegt und hebt nur von Zeit zu Zeit das Glas mit dem roten Wein.

Endlich schiebt der Doktor den Stuhl zurück. »Es ist so, wie Dagny erzählte«, sagt er. »Sie können einen bezaubern, ihre Worte halten einen in Bann. Wenn man Sie hört, fühlt man, wie still und verschlafen hier das Leben ist. Wir sind nicht mehr in der Welt.« Er seufzt und steht auf.

Alle erheben sich und gehen ins Nebenzimmer. Der Doktor legt seinen Arm um Rolfs Schultern, während sie hinter den Frauen herschreiten, und sagt: »Sie wissen, lieber Freund, daß Dagny und ich Jugendbekannte sind, von der Dorfschule und früher her. Sie nehmen uns das doch nicht übel?«

»Was zum Teufel soll ich Ihnen denn übelnehmen?« lacht Rolf grimmig.

»Sie sind ein Mann und kennen die Welt«, sagt der Doktor mit ernstem Kopfnicken und starrt vor sich hin. Dann fügt er hastig hinzu: »Und Dagny hat sich immer den Weg in die Welt offen behalten. Schon als Kind hat sie die Eltern geängstigt durch ihr aufrührerisches Wesen, durch ihre Pläne und Drohungen; sie ließ sich von niemandem dreinreden. Ich wurde, weiß Gott, oft von ihr angesteckt; sie hatte etwas Zwingendes, wenn sie loslegte und alles hier so verhockt und verträumt schalt. Nun, ich bin dann doch hier sitzen geblieben. Ihr, ihr stehen die Wege noch offen.«

Eine Weile lang schweigen sie alle. Dagny bläst den Zigarettenrauch aus gespitzten Lippen weit von sich. Ihre Augen mustern lächelnd den Doktor.

Rolf beugt sich plötzlich zu Frau Inga hinab und flüstert: »Mir ist manchmal, wenn die Abende nicht zu leuchten aufhören, als hörte ich, wie Sie spielen. Ich sitze an meinem Fenster und höre Sie. Aber es ist ja nicht möglich. Es liegt ein Wald zwischen Ihrem Haus und meiner Kammer.«

Frau Inga antwortet nicht.

Der Doktor wendet sich lebhaft wieder zu Dagny. »Ach, richtig, – spielen Sie uns etwas vor! Wie lange noch, und wir können Sie nicht mehr hören. Lassen Sie sich von uns allen herzlich bitten, Fräulein Dagny. Wozu steht denn das Flügelmöbel da?« Er lacht und öffnet den dunkeln Deckel.

Dagny zaudert. Rolf blickt sie gespannt an. Sie wird es nicht tun, – denkt er; sie soll es nicht tun.

Dagny wirft den Kopf plötzlich in den Nacken, steht auf und fragt den Doktor lächelnd: »Erinnern Sie sich jenes Walzers, Doktor, den ich einmal gelernt hatte und der Sie so begeisterte? Es war kurz vor Ihrer Verlobung mit Inga.« Sie tippt mit der rechten Hand auf den Tasten, suchend und unsicher, und spielt einige Töne.

»Ja, ja«, jubelt der Doktor und klatscht in die Hände. »Das ist er ja. Wie könnte ich ihn je vergessen? Spielen Sie! Wir bitten Sie alle.«

Dagny setzt sich und spielt den Walzer. Der Doktor steht neben ihr; er nickt im Takt mit dem Kopf, dann bewegt er auch die Hand, macht einige Schritte vorwärts und zurück, dreht sich auf dem Absatz herum.

»Danke«, ruft er, wie Dagny sich zurücklehnt und die letzten Töne verklingen läßt. »Ich wußte gar nicht, daß unser Flügel so hell und fröhlich tönen kann«, sagt er und wendet sich zu seiner Frau. Sie nickt ihm zu. Rolf erhebt sich rasch von seinem Stuhl und tritt zum Fenster.

Nach einer Weile hört er Dagnys Stimme: »Ich gehe jetzt. Es ist spät geworden. Laßt euch nicht stören.«

Rolf wendet sich langsam um. »Ich werde dich begleiten.«

»Danke«, sagt sie leise und zögernd. »Es ist ein großer Umweg für dich. Danke, – ja.«

Der Doktor will sie zurückhalten. »Was soll nun das heißen? Jetzt, wo es am gemütlichsten war –.« Dann folgt er ihnen auf den Flur hinaus, hilft Dagny in den Mantel und dankt beiden, während er ihnen die Hände schüttelt. »Wir werden uns bald wieder sehen. Sie kommen wieder, nicht wahr? Unser Haus steht Ihnen offen. Der Flügel fliegt nicht weg, und der Wein hat keine Beine.« Schallend füllt sein Lachen das Haus.

Rolf neigt sich über Frau Ingas Hand. »Grüßen Sie die Kleine von mir, wenn sie morgen erwacht,« bittet er.

»Die Nacht ist schön«, ruft ihnen der Doktor nach, während sie in die laue, bläuliche Dämmerung hinausschreiten.

Unten auf dem staubigen Wege gehen sie still dahin. Zu beiden Seiten der Straße dehnt sich die Welt, groß, im Kuppelbogen des hohen Himmels zusammengeschlossen. Zwischen ihnen, zwischen ihren Fußstapfen liegt der Staub der Straße. Ihre Hände berühren sich nicht, ihre Schultern streifen sich nicht, ihre Augen suchen sich nicht mehr.

»Du hast mich verachtet«, sagt Dagny.

»Du wolltest mich reizen«, antwortet Rolf. Und wieder schweigen sie.

Ueber die Wiesen, ferneher, klingen Schreie durch die Nacht. Rolf lauscht hinüber, bleibt einen Schritt zurück.

»Ich kann allein gehen. Ich fürchte mich nicht«, sagt Dagny. Ihre Stimme ist fast erstickt.

Rolf sieht ihre Gestalt, den geneigten Kopf, die mutlos hängenden Arme. »Warum sollte ich dich nicht nach Hause begleiten?«

Sie schreitet rascher.

Unter den Bäumen der Allee bleibt er stehen. Sie greift mit beiden Händen nach ihm. Ihre Hände fassen seine Arme, seine Schultern, tasten nach seinem Kopf. »Du mußt noch nicht gehen«, flüstert sie. »Du darfst noch nicht gehen. Soll ich dich um Verzeihung bitten?«

Er fragt, ohne sich zu rühren: »Wofür?«

Sie schlägt ihre Hände vor das Gesicht, weicht zurück, läuft über den Hofplatz gegen das schimmernde Haus.

Langsam, mit kreisenden Flammenrädern vor den heißen Augen, mit dumpfen Schlägen wie von einem brandenden Meer in den Ohren, geht Rolf den Weg zurück. Er hält sich taumelnd an einem Baume, starrt auf den Fjord hinaus. Er schließt die Augen, öffnet sie, wankt weiter. Und langsam erkennt er wieder die schwarzen Kämme der Waldhügel vor dem blassen Himmel, den Strandweg, die Wiesenhänge.

Langsam fühlt sein Herz, daß Dagny ihm fremd wird.

Herbst

Im weißen Zimmer auf Lysenstöa, im Herrenhaus, sitzt der Bauer und hört Rolf zu, der ihm berichtet: »Die Buben sind in der Stadt gut untergebracht; ja, dafür ist gesorgt. Und gestern gingen sie zum erstenmal in die Schule.«

Der Bauer nickt. »Es ist stiller geworden, hier.«

Rolf blickt zum Fenster hinaus. Nach einer Weile sagt er. »Und so habe auch ich hier nichts mehr zu tun.«

Der Bauer hebt den Kopf, schaut Rolf an. »Es dürfte sich anderswo etwas finden lassen. Auf Sörum vielleicht oder weiter oben im Tal. Ich werde darüber nachdenken. Es eilt ja nicht. Die Kammer im Lehrerhaus und der Platz am Eßtisch –«

Rolf unterbricht ihn: »Ich werde weggehen. Bald; morgen. Danke.«

Langsam steht der Bauer auf, stützt sich mit den Händen auf die Tischplatte, sagt: »Der Förster sucht einen Gehilfen.«

Rolf schüttelt den Kopf.

»Mit Dagny – wird es also nichts?«, fragt der Bauer.

»Nein«, antwortet Rolf. »Das ist nun auch vorbei.«

Er verläßt das Haus.

Der frühe Herbst hat schon mit leisem Finger das Laub der Bäume gestreift; er ist über die Wiesen gegangen wie ein Schatten; er singt Tag und Nacht im dunkeln Wald und späht nach dem ersten Frost, der die Blätter mit seinem Hauch zusammenrollt und von den Zweigen bricht.

So klar ist der Nachmittag, daß Rolf auf den fernsten Bergen die Föhrenstämme leuchten sieht. Die Luft liegt gläsern über dem schuppigen Wasser des Fjords. Ein Boot zieht langsam seine schimmernde Bahn.

Dagny hebt den sonnenbraunen Kopf aus den Beerensträuchern im Garten, wie sie Rolfs Schritte auf dem Hofplatz hört. Sie reckt den gebeugten Rücken empor, befreit sich mit der einen Hand aus dem stacheligen Geranke, tritt auf den schmalen Weg hinaus, setzt den Korb mit den roten Früchten zur Erde.

»Du warst in der Stadt, – hörte ich«, sagt sie und versucht zu lächeln. Sie setzt sich auf die Bank unter dem Apfelbaum, lehnt sich an den schlanken Stamm, schaut Rolf an. »Und kehrst wieder zurück?«, fragt sie leise.

»Zum Abschied, ja –.«

Die Lider über ihren blanken Augen zucken, dann ist alles an ihr ganz still. Die Sonne spielt in ihrem Haar, auf ihrer Haut, über ihren gefalteten Händen; ihr Mund bleibt geschlossen.

»Ich kam vorbei, um dich zu fragen, ob du mich zu einem Besuch begleiten willst«, sagt er, ein wenig stockend. »Wir könnten Frau Inga grüßen gehn. Es ist besser, wir gehen zusammen hin. Morgen – ziehe ich von Lysenstöa weg.«

Sie erhebt sich rasch. »Ja, wenn du meinst –. Ich will gerne mitkommen; ich war auch lange nicht mehr bei Inga. Ich gehe nur rasch ins Haus.« Sie beugt sich nach dem Korb am Boden, greift nach ihm, – und plötzlich brechen ihre Kniee zur Erde, stemmen sich ihre Hände auf den schmalen Weg, sinkt ihr Kopf vornüber.

»Laß«, murmelt sie, wie sie Rolfs Arm an ihrer Schulter fühlt. »Laß, ich kann allein aufstehen.« Sie erhebt sich langsam. Ihre Augen sind voll Tränen; sie wendet den Kopf weg. »Ich war den ganzen Tag in der Sonne«, sagt sie leise.

Rolf schreitet hinter ihr ins Haus. Es ist kühl im Flur und in den schattigen Zimmern. Die großen dunkeln Möbel stehen an den Wänden umher, als wären sie lange nicht mehr gebraucht worden. Bilder mit erloschenen Farben starren blind in die Dämmerung der Stuben hinein. Der Kronleuchter ist mit schleierfeinem Tuch bauschig verhängt; sein Zierat blitzt matt durch die hüllenden Maschen. In der tiefen Nische des Fensters steht Dagnys Nähtisch; Bänder, Wollknäuel, Stoffreste liegen verschlungen und verwühlt darauf herum, quellen aus der halboffenen Schublade hervor. Durch die Spalten der Fensterläden fällt ein Sonnenstrahl in die bunte Unordnung; die Farben flammen spielend im Dunkel auf. Sonst lebt nichts in diesem Zimmer.

Dagny setzt sich auf ihren Stuhl, legt die Hand mitten in das Gefunkel der Sonne und beugt ihren Kopf auf den Arm. Sie weint. Die Stille des Hauses hört ihr zu, die herbstliche Sonne, die den Garten warm füllt und durch die Ladenritzen flimmert, hört ihr zu, Rolf steht vor ihr und hört ihr Weinen.

Er hebt die Hand, als wolle er sie auf ihren Scheitel legen, läßt sie aber wieder sinken und sagt: »Du wußtest auch, daß diese Stunde kommen mußte. Du hast sie erwartet.«

Dagny schüttelt heftig den Kopf. »Nein, nein. Ich wollte sie nicht kommen lassen. Ich habe um dich gekämpft. Um deine Liebe habe ich gekämpft, seit jenem furchtbaren Wintertag, da ich zu dir kam, obschon du es mir verboten hattest. Damals fühlte ich, daß ich keine Stunde mehr ruhig sein durfte, sorglos, kampflos, wenn ich dich nicht verlieren wollte. Ich tat alles, was ich tun konnte.«

Rolf wendet sein Gesicht weg. »Ja, alles. Du schrecktest vor nichts zurück. Was half es?«

Dagnys Weinen wird stiller. Langsam hebt sie den Kopf; ihre Augen suchen Rolf in der Dämmerung. Ein jäher Schrecken flackert in ihnen. Ihr Mund spricht, schreit halblaut: »Rolf, – du kannst nicht weggehen. Wir sind aneinander gebunden. Wir sind verlobt. Du brichst dein Wort nicht.«

»Ich breche es«, sagt er.

Sie springt auf, hebt die Arme. »Ich soll hier bleiben, in diesem Haus, in dieser Oede, allein? Alle wissen es, daß wir verlobt waren; auf jedem Hof hat man davon gesprochen. Und nun gehst du weg, – so, als wäre nie etwas zwischen uns gewesen.«

Leise und bestimmt sagt Rolf: »Sie werden alle erfahren, daß ich das Wort gebrochen habe, nicht du.«

»Daß du mich weggeworfen hast, so –«, erwidert sie dumpf. Sie schnellt die Hand, als schleudere sie etwas von sich.

Er schüttelt den Kopf.

»Und du – du sprachst einmal von Liebe«, fährt sie fort, heftiger, höhnisch. »Ist das Liebe? Ist das Haß?«

Er schweigt.

»Ich weiß«, sagt sie, »du kannst dich nicht aufgeben. Du kannst nicht von dir loskommen. Ich wollte dich losreißen; da verlor ich dich ganz. In dir lebt etwas, das mir feindlich ist; und es hat größere Macht über dich als ich. Warum, warum mußtest du hierher kommen, in dieses Haus, in diese Gegend, in mein Leben? Ich hätte dich nie treffen sollen. Nun haben wir uns Dinge gesagt, die man nicht zweimal im Leben sagen kann; und sie sind mit dem Winde dahin. Jedes Wort war eine Lüge.«

Mit einem starken Griff packt Rolf ihre Hand. Sein Gesicht steht nahe vor ihren Augen; es ist hart und doch voll Flehen. Er sagt: »Warte mit dem Urteil. Leide jetzt, aber sei nicht ungerecht. Sei nicht kleiner, als da du mich zu besiegen suchtest, jetzt, wo wir uns verloren haben. Was sollen Worte? Hinter den Worten sind Abgründe. Worte sind Schleier. Weißt du, das auch heute noch nicht? Die Worte haben uns betrogen. Laß unsere Gefühle wahr bleiben.«

Unter seinem Handgriff wird Dagny ruhiger. Ihre Augen schließen sich, ihre Stirne wird glatt; zwischen ihren Lippen schimmern schmal die Zähne. Langsam löst sie ihren Arm, streicht sich mit der Hand über das wirre Haar. »Komm«, sagt sie und geht durch das dunkle Zimmer, durch das stille Haus. Bei der Türe wendet sie um; noch einmal schaut sie auf Rolf, der zwischen den schlafenden Dingen ihrer Einsamkeit dahinschreitet, ein letztesmal.

Sie steigen den Wiesenpfad zum Doktorhaus hinan. Sie sprechen nicht miteinander. Dagny geht voraus; ihr Gang ist ruhig; sie setzt Schritt um Schritt ihre Füße in die hohlen Erdstufen, auf die festgerammten Steine. In ihrem Haar spielt der abendliche Wind, der leise das späte Korn auf dem gelben Acker streichelt.

»Dort steht Inga«, sagt sie, und ihre Stimme ist ganz hell. Sie öffnet die Gartentüre und geht über den knirschenden Kies. Die beiden Frauen begrüßen sich.

»Ich schneide die letzten Rosen«, lächelt Frau Inga. »Sie verblühen heuer früh. Sollten wir schon bald wieder Schnee kriegen?« Sie schüttelt ihre schmalen Schultern, als fühle sie schon den Frost. »Wollen wir ins Haus gehen?«

»Ja, danke«, antwortet Dagny und macht ein paar Schritte nach der Verandatreppe hin. »Bist du allein?«

Frau Inga nickt. »Mein Mann ist weggefahren.«

Dagny, zögernd, ohne sich umzusehen, fragt: »Du würdest uns nicht etwas vorspielen?« Da Frau Inga schweigt, fügt sie leiser hinzu: »Ich hätte Lust, dich zu hören.«

Rolf, der hinter den Frauen hergeht, sagt rasch: »Eigentlich, ich glaube –«

Dagny wendet sich um, sieht ihn an.

»Ich wollte ja nur von Ihnen Abschied nehmen«, erklärt Rolf. »Ja, ich reise nun wieder weg. Und ich glaube, es bleibt uns nicht Zeit genug.«

Dagny schweigt; nichts regt sich in ihrem Gesicht.

»Ist Ingrid drinnen?«, fragt Rolf.

»Sie sitzt in der Stube, wohl über ihren Schulaufgaben«, antwortet Frau Inga.

Rolf geht über die Stufen empor; ohne anzupochen tritt er in die Stube. Vor dem offenen Fenster, durch das die früchteschweren Zweige des Apfelbaums gründunkel hereinwippen, steht der Tisch, mit Büchern und Heften bedeckt. Tief über ein Blatt geneigt ist ihr heller Mädchenkopf. Er rührt sich nicht.

»Kleine Inga«, sagt Rolf leise und tritt näher.

Das Kind springt vom Stuhle und starrt ihn groß an. »Ich meinte, Mutter sei hereingekommen«, flüstert es. Mit der einen Hand schließt es das Heft über den steilen, steifen Buchstaben, die andere reicht es Rolf. Er behält sie zwischen seinen Fingern.

»Leb wohl, Kleine«, sagt er. »Das Märchen von Ilselil habe ich dir nun nicht zu Ende erzählen können.«

Ingrid lächelt. »Es war auch so schön. Ich finde den Schluß allein. Ich will ihn gar nicht von dir hören. Jeden Tag denke ich mir etwas Neues hinzu. Es hat gar keinen Schluß. – Reisest du? Warum sagst du mir Lebewohl?«

»Ja«,, nickt er. »Vielleicht komme ich einmal wieder. Dann bist du groß und hast mich schon lange vergessen.«

Ingrid schaut ihn an. Ihre Hand bewegt sich leise zwischen seinen Fingern, ihr kleiner schmaler Körper beugt sich leicht nach vorne, gegen ihn hin; sie preßt die Lippen fest aufeinander.

»Leb wohl«, sagt er noch einmal und streicht ihr über das Haar. Sie schmiegt den Scheitel in seine Hand. Wie er zurücktritt, läßt sie den Kopf langsam sinken. Ehe er die Türe schließt, sieht er noch ihren stummen Mund, um dessen Winkel die bleiche Haut zu zittern beginnt, und wie sie tastend ihr Heft wieder öffnet.

Er tritt zu den Frauen, die auf der Veranda stehen. Frau Inga fragt ihn: »Ist es geschehen?«

Dann reicht sie ihm die Hand. Er neigt sich, als ob er seine Lippen darauf legen wollte. Sie entzieht ihm die Finger, die feucht von den Rosen sind. »Das ist hier nicht Sitte«, sagt sie lächelnd und doch fast böse in den Augen. »Glauben Sie, Ihnen sei alles erlaubt?«

Er verbeugt sich und geht über die Treppe und zwischen den Blumenbeeten davon. Am Zaun wartet er auf Dagny, die langsam nachkommt.

Schweigend wandern sie durch das abendstille Dorf. Dagny grüßt nach links und rechts in die Dämmerung hinein. Frauen stehen mit müßigen Händen vor den Häusern, am Wegrand, verstummen im Gespräch, sobald sie die Beiden herankommen sehen, und schauen ihnen lange nach; dann stecken sie die Köpfe zusammen.

»Ist es dir unangenehm?«, fragt Rolf plötzlich. »Wir hätten den Strandweg gehen können –.«

Dagny hebt die Hand und läßt sie wieder fallen. Sie wendet ihm ruhig ihr Gesicht zu. Sie lächelt.

Draußen zwischen den Wiesen legt er plötzlich seinen Arm um ihre Schultern. Er zieht sie auf den Fußpfad hinüber, der dem Bache entlang nach dem Fjord geht. Dort wirft er sich ins dürre, stopplige Gras. Dagny setzt sich auf einen der grauen Steinblöcke, die am Strand herumliegen.

Sie lauschen eine Weile dem spielenden Wasser, das den Sand beleckt und raschelnd wieder zurückkrieselt, und sie fühlen kühl die herbstliche Nachtluft auf ihrer Haut.

»Eines nur sage mir: sind diese Abschiede dir mehr als Stimmung? Sind sie Erlebnisse?« Das ist wieder der alte Klang in Dagnys Stimme: klar, fordernd, stark.

»Stimmungen oder Erlebnisse?« Rolf wendet sich im Gras herum, stützt den Kopf in die Hand, blickt zu Dagny empor. Sie sitzt still und schaut über das Wasser nach den dunkelnden Bergen hin. »Ist das nicht ein und dasselbe? Ich weiß nicht –. Es ist wie eine Biegung auf dem Weg; etwas fällt zurück, bleibt hinter einem; man geht rascher, leichter, erwartet Neues.«

Er springt vom Boden auf und steht groß vor ihr. Er wirft den Kopf zurück und sieht in ihr ruhiges Gesicht. Er will etwas sagen; er möchte ihr danken.

Sie aber spricht leise: »Rolf, du verbrauchst die Menschen, die du liebst.«

Er wendet sich ab. Er murmelt: »Ich weiß es.«

Da tritt sie neben ihn und legt ihre starke, kühle Hand auf seine verschlungenen Arme. »Es tut dir vielleicht wohl, es hilft dir vielleicht einmal, wenn du es nötig hast. Du hast mich nicht – hörst du: nicht – zu dem gemacht, was du träumtest, als du mich zu lieben glaubtest. Wir sind eine Strecke nebeneinander hergegangen; du deinen Weg, ich meinen Weg. Es war ein gutes Wandern. Jetzt gehst du dorthin; ich bleibe hier. Ich danke dir für das Geleite.«

Er sieht sie groß an, sieht ihren ruhig sprechenden Mund mit den schmalen Lippen, ihre leicht zusammengekniffenen Augen, ihr lichtes Haar, aus dem auch im Nachtdunkel eine warme Glut bricht.

»Dagny«, sagt er leise, »ich habe nie größere Lust gehabt, dich in meine Arme zu nehmen, als eben jetzt.«

Er neigt sein Gesicht gegen ihren Scheitel. Sie tritt rasch einen Schritt zurück und hebt die Hände vor die Brust. Dann geht sie.

Sie geht dem Strand entlang, nach dem weißen Haus, ohne sich umzusehen. Sie geht aufrecht und ruhig durch die stille, sternenklare Herbstnacht. Auch nicht unter den Birken bleibt sie stehen, sie schaut nur beständig auf das schimmernd weiße Haus am Ende der Allee, dem sie näher und näher kommt; es ist, als ob ihre Blicke sich daran halten müßten.

Jetzt rollt sich ihr, freudig bellend, der Hund vor die Füße, springt an ihr hoch, leckt ihr die herabhängende Hand. »Finn«, sagt sie leise, aber sie vergißt, ihm den Kopf zu streicheln. Sie geht ins Haus; sie ist nicht mehr da.

In die Wälder wirft sich der herbstliche Sturm zuerst. Bevor er das Wasser des Fjords aufpflügt und die Häuser der Menschen mit Regen und frühem Schnee peitscht, schlägt er sich droben mit dem Wald herum, mit den hohen Föhren, die er kennt, mit den Wachholderbüschen, die an der kahlen Halde hocken, und mit den zitternden Birken. Es ist erst nur ein Spiel; die Bäume und Sträucher tun gutmütig mit, sie schwanken summend hin und her, sie lassen sich die Bärte krauen und das struppige Fell striegeln. Dann aber, in einer Nacht, schmeißt ihnen der Sturm den ersten Arm voll Schnee, klatschnaß, in die Zweige. Sie stöhnen, recken sich, schnellen die Aeste grimmig in die Luft, versuchen das kalte Tuch abzuschütteln; der Sturm selber hilft ihnen dabei, faucht sie am Mittag wieder rein, knickt ihnen dafür ein paar alte brüchige Zweige, legt eine junge Birke nieder. Am Abend ist der Wald von all dem Tun und Brüllen müde; er steht wie schlafend in der sternelosen Nacht. Da kommt der Sturm noch einmal über ihn, und jetzt ist er sein Feind. Jetzt zaust er ihn, reitet johlend auf seinen Wipfeln, spornt ihn, bis er matt zusammenbricht; dann wirft er ihm das weiße, kühle Laken über Wunden und Blößen und läßt ihn keuchend liegen. Aufhorchend lauschen die beiden Männer und hören die knackenden Aeste aufs Hüttendach prasseln. Im Kamin duckt sich die Flamme, lodert dann jäh auf und knistert in der rußigen Wölbung; sie züngelt rot um den dunkeln Kessel, der über der Glut hängt. »Erzähl das noch einmal, Erling«, sagt Rolf in die dumpfe Stille, die dem Heulen des Windes gefolgt ist. Er liegt unbeweglich auf dem niederen Bettschragen, läßt die Füße mit den schweren, genagelten Schuhen über die grobe Decke herabhängen, hat die Arme unter dem Kopf gekreuzt.

Erling sitzt auf dem Stuhl vor dem Kamin und reinigt seine Jagdbüchse. Er sieht auf, blickt Rolf eine Weile an, fragt: »Was denn?«

»Deine gestrige Jagd.«

Er zuckt die Schultern. »Wozu auch? Es ist doch nichts dabei. – Wenn du willst –. Ich kam in der Abenddämmerung vom Fagerberg herunter; du kennst den Steig, der mitten durch das Moor geht, über die Felsbuckel. Als ich aus dem Walde trat, – ja, ich hatte den ganzen Tag nichts vor die Büchse gekriegt, es war halbdunkles Wetter, schlechter Wind, verwischte Spur. Nicht einmal ein Huhn. Als ich aus dem Walde trat und über die Lichtung schaute, sah ich das Rudel; sechs Hirsche, wie an einer Schnur. So klar wie ich meine Finger vor dem Feuer sehe, standen sie vor dem Himmel in der Dämmerung. Ich lag im Schnee, aber in schlechtem Wind. Sie lugten – und drehten gegen das Gehölz hin, in Sprüngen, länger und länger. Den letzten faßte ich, – zwei Finger unter dem Rücken. Ich habe nie ein Tier so steil springen sehen. Als flöge es gegen den Himmel. Dann fiel es, fiel nur so in den Schnee und legte die Zunge heraus. Steil – so! und fiel.« Er schnellt mit der Hand nach oben, läßt sie plump auf sein Knie klatschen. Rolf schaut in das ärmliche Licht der leise schwankenden Oellampe empor. Nach einer Weile sagt er: »Du hast es vorher besser erzählt. Es war jetzt nicht mehr die gleiche Spannung darin. Vielleicht weil ich es zum zweitenmal hörte – ?« Er schweigt wieder. Dann: »Ja, danke. – Uebrigens, ich bin dir noch Geld schuldig, für Tabak, Oel, Brot und anderes. Laß es mich nicht vergessen. Erinnere mich daran, ehe du weggehst.«

Erling schüttelt den Kopf. »Nicht der Mühe wert. Ich komme ja wohl in den nächsten Tagen wieder einmal herauf. Was soll man jetzt im Tal drunten tun?«

Rolf blinzelt zu ihm hinüber. Er fragt stockend: »Sag mal, Erling, du kommst doch –, es ist doch nur wegen der Jagd, daß du heraufkommst?«

Erling stellt das Gewehr auf den Boden. »So, der Lauf läßt sich wieder sehen.« Er lehnt es in die Kaminecke. »Wegen der Jagd? Ja, natürlich. Warum denn sonst?«

»Ich meinte nur. – Regnet es noch?«

Erling geht zum dunkeln Fenster, beugt sich an die Scheiben, späht hinaus. »Nein, es ist stiller geworden. Es schneit.«

Rolf greift mit einer Hand über das Lager herab nach der Flasche, die am Boden steht. »Ja. Hier ist noch etwas in der Flasche. Das Wasser wird noch warm sein.«

Erling gießt sich Branntwein in sein Glas, neigt den Kessel aus dem Haken und schüttet heißes Wasser dazu. Er trinkt und setzt sich aufatmend zum Feuer. Mit einem Scheit stochert er in der Glut herum. »Du hast hier alles, was nötig ist«, sagt er. »Du liegst in deiner Hütte wie ein Tier in seinem Schlupfwinkel, wenn es Winter wird.«

»Blödsinn«, murrt Rolf. »Ich liege hier oben, weil es mir gefällt.« Er hebt sein Glas vom Boden empor, dreht den Kopf, führt es an die Lippen. »Zu meinem Vergnügen liege ich hier.«

Die Flamme knistert im Scheit, schlägt plötzlich wieder hell auf, beleuchtet Erlings Gesicht. Er flüstert; »Man sagt, sie seien reich –.«

»Wer? Von wem sprichst du?«, fragt Rolf.

Erling fährt empor, starrt ihn an. »Sprach ich? Ich dachte wohl nur für mich.«

»Nein, du sprachst. Du sagtest, sie seien reich. Wer?«

»Das wird wohl so ein Gerede sein«, antwortet Erling halblaut. Er steht rasch vom Stuhl auf. »Der Sturm ist doch noch nicht vorbei. Man muß den Laden von außen her festriegeln, sonst packt ihn der Wind und drückt die Scheiben ein.« Er öffnet die Türe; fauchend stößt der Sturm herein, wie ein winselnder Hund. Erling verschwindet in der Nacht. Während seine Faust am Fensterladen pocht und riegelt, gleitet Rolf vom Lager, packt die Büchse, knackt den Hahn auf und späht in den Lauf hinein. Er hält die Büchse in beiden Händen; er läßt sie sinken und starrt in das zuckende Feuer. Er stellt sie wieder hin, wie er Erlings stampfenden Schuh an der Schwelle hört, und setzt sich auf die Kante der Bettstatt.

»Regen und Schnee, fetzenweise«, ruft Erling durch den pfeifenden Wind. »Jede Fährte ist morgen zum Teufel.« Er stemmt seine Füße gegen die Steinplatte des Kamins.

Rolf sieht ihn an. Plötzlich fragt er: »Wer soll so reich sein?«

»Die Lynnos«, antwortet Erling und zieht die Schultern hoch.

»Das Mädchen, sagtest du, fahre mit einem Ziegenbock durchs Dorf? Sagtest du nicht so?«

»Vielleicht«, brummt Erling.

»Ja, du erzähltest es. Woher wüßte ich es sonst? Reiche Leute, sagst du?«

»Ho«, zuckt Erling auf, »hast du nicht den Hof gesehen, den sie gekauft haben? Da sind Pferde genug zum Fahren und zum Reiten. Aber nein: Hjördis spannt einen Ziegenbock vor ihren kleinen Schlitten und fährt so durchs ganze Dorf. Damit nur die Leute vor die Türen kommen und ihr nachschauen müssen. So ist nun dieses Stadtvolk. Der Teufel hole sie.«

Rolf unterbricht ihn: »Hjördis – wie alt ist sie? Weißt du das? Ein Kind?«

»Nein, ich weiß nicht recht; aber kein Kind, nein. Ein Kind! – Wenn sie in ihrem Spitzschlitten fährt, trägt sie einen roten Mantel, mit weißem Pelz um den Hals und an den Aermeln, auf dem Kopf eine rote Lappenmütze. Der Ziegenbock ist weiß, mit einem schwarzen Bart. Es sieht ganz lächerlich aus, aber was kümmert sie das? Sie kümmert sich um nichts und niemand.«

»Und Hjördis heißt sie also?«, fragt Rolf. Mit zusammengekniffenen Augen blickt er auf Erlings mürrischen Mund.

Erling nickt. »Sie erzählte mir, eines von den Schiffen ihres Vaters, das auf dem Meer segelt, heiße wie sie, heiße Hjördis. Mein Name steht vorne auf der Brust des Schiffes, prahlte sie, rot gemalt auf der weißen Brust. Es ist ein sehr schönes und stark gebautes Schiff und fährt nach fremden, warmen Ländern, nach Inseln mit Namen, die ich vergessen habe. Im nächsten Sommer will sie selber mitfahren, hat sie gesagt. Sie erklärte einfach ihrem Vater: im nächsten Sommer fahre ich mit. So ist sie.«

Rolf sinkt langsam auf sein Lager zurück. Er schließt die Augen und fragt: »Hast du dir nicht im Herbst ein junges Pferd gekauft?«

»Ein Pferd? Ja«, antwortet Erling erstaunt. »Ich habe es zugeritten.«

»So? Ja –«, sagt Rolf und schnaubt durch Nase und Mund.

»Was meinst du?« Erling wendet den Kopf.

Rolf lacht. Er greift nach dem Glas. »Nichts. Gar nichts.«

Erling wirft den Kopf zurück. »Der Teufel soll so einem Mädchen Zügel anlegen.« Er schweigt. Dann leiser, fast flüsternd erzählt er: »Du sahst sie beim Tanz. Sie wollte nur mit mir tanzen. Sie war ganz toll. Alle sahen auf sie und mich. Bodil – du weißt ja noch. Jedesmal, wenn Jens anstimmte, erhob sie sich und kam langsam auf mich zu, mitten durch die andern und über den Rasen langsam auf mich zu. Du weißt, wie sie geht, mit ihrem langen Körper und den Armen, die so ganz schlaff an den Seiten herabhangen. Sie sprach gar nichts, sie sah mich gar nicht an. Sie schloß ihre Augen ganz –.«

Erling verstummt. Wie ist es nun still in der Hütte: lauscht der Sturm am Fensterladen, lauscht die lautlos flackernde Flamme? Rolf, ohne sich zu regen, befiehlt hart: »Erzähl weiter.«

»Nein«, sagt Erling. »Ich wollte gar nicht das erzählen.« Er schaut verlegen und hastig über die Bettstatt hin, über das harte Lager. Er räuspert sich. »Es ist so lächerlich«, fügt er achselzuckend hinzu. Dann, nach einer Weile: »Du kannst es meinetwegen gern erfahren; es hat ja nichts zu bedeuten.«

»Ja, es hat vielleicht nichts zu bedeuten«, wiederholt Rolf. »Aber« – er setzt sich auf, starrt ins Feuer – »aber was können wir sagen: es hat nichts zu bedeuten? Es hat ebensogut alles etwas zu bedeuten. Es ist soviel Verschlungenes und Verworrenes im Leben –.«

Erling hört nicht auf ihn. Seine Gedanken sind weit weg, sind in der Erinnerung an jene Nacht, an den Tanz, an den blaßhellen Himmel. Er zieht die Augenbrauen hoch in die Stirn; das Reden macht ihm Mühe. Und dennoch spricht er hastig, so als lese er von einem Blatt, was er sagt.

»Ich ging also mit ihr nach Hause. Ich ging neben ihr. Beim Tanz sagte sie zu mir: wir gehen heim, wir wollen nicht warten, bis Jens nicht mehr aufspielen mag. Als ich den Arm um ihren Leib legen wollte, stieß sie mich weg und knurrte. Als ich zurückbleiben wollte, lachte sie und spottete: Muß ich allein nach Hause? Warum sagte sie das?«

Rolf fällt ihm rasch ins Wort. »Ich weiß nicht. Kann einer wissen, warum ein Mädchen dies oder das sagt? Ja, vielleicht wollte sie dir – «

Erling nickt. »So dachte ich auch, sofort. Ich wartete noch eine Weile. Sie kommt aus der Stadt, dachte ich; sie hat davon gehört, daß wir auf dem Lande, an den Samstagabenden, unsere Mädchen besuchen. Sie wollte sich einmal bäurisch aufführen. Es machte ihr vielleicht Spaß.«

Rolf unterbricht ihn wieder. »Und da gingst du mit ihr. Du sahst ihre Kammer. Du sahst, wo sie liegt.«

»Nein«, sagt Erling. Sein Gesicht ist düster; er runzelt die Stirne. »Wir gingen ins Haus; sie führte mich wie einen Besuch in die Wohnstube und holte Milch, Brot und Schinken aus dem Keller. Sie gab sich nicht die geringste Mühe, leise zu gehen; sie klapperte laut mit Teller und Messer und zerschlug sogar in der dunkeln Küche ein Glas.«

Rolf lächelt. »Sie war aufgeregt. Sie hatte in der Stadt nie gelernt, wie man sich in solchen Augenblicken benimmt. Sie war wohl ängstlich?«

»Ho, ängstlich!« Erling schüttelt den Kopf. »Sie war gar nicht aufgeregt. Sie stand beim Tisch, und während sie mich zum Essen nötigte, sagte sie, wie müde sie sei und daß sie schlafen gehen wolle. Der Morgen schien ja schon ins Zimmer. Und ich solle nur die Tür ins Schloß ziehen, wenn ich fertig sei. Sie dankte mir für den Abend, für den Tanz und sagte gute Nacht. – Was hättest du da getan?«

Erling sieht fragend auf. Rolf schlägt dumpf die Faust auf die Bettstatt: »Erzähl weiter.«

»Nun wohl, ich fragte: Schläfst du in der Giebelkammer? Sie sah mich groß an und antwortete nicht. Nur damit ich es weiß, sagte ich und schaute ihr in die Augen. Ich lachte sie aus. Endlich tat sie den Mund auf: Ja, in der Giebelkammer, aber nach dem Hofe zu, gleich bei der Treppe, links, wenn man heraufkomme. Dann ging sie.«

»Und du?«, fragt Rolf. Er beugt sich über die Bettkante hervor.

»Ich saß noch eine Weile unten. Es war still im ganzen Hans. Ich aß und trank.«

»Und stiegst dann nicht hinauf in die Giebelkammer? Da oben lag sie, wartete und lauschte, ob sie deine Tritte auf den knarrenden Stufen höre und deine Hand, tastend am Türpfosten. Du hast sie enttäuscht, du hast sie um ihr Vergnügen gebracht, um ihr bäurisches Abenteuer! Sie wird dir das immer nachtragen.«

»Ich stieg hinauf«, sagt Erling leise.

Rolf zuckt zusammen. »In die Giebelkammer?«

»Ja, links bei der Treppe, nach dem Hofe zu. Wie sie gesagt hatte.« Er richtet sich auf, stemmt die Hände auf die Schenkel und spuckt ins Kaminfeuer.

Rolf fragt zögernd: »War die Tür verschlossen?«

»Nein, sie war offen.«

»Natürlich!«, johlt Rolf und springt vom Lager. »Dachte ich mirs doch.«

Erling sieht ihn verlegen an. Er sagt finster: »Es war die Mägdekammer.«

In die tiefe Stille hinein schnaubt jäh ein Windstoß. Rolf legt sich wieder hin; er murmelt: »Ja –. Nein, so dachte ich mirs nicht.« Seine Augen starren groß zur Balkendecke hinauf.

Erling geht langsam über die Holzdielen. Er bleibt da und dort stehen, bei der Türe, beim dunkeln Fenster, beim Kamin. Er sagt: »Jetzt könnte ich mich auch hinlegen. Es ist wohl spät geworden.«

Von der Lagerstatt her kommt Rolfs sinnende Stimme: »Ich könnte dir auch eine Geschichte erzählen, wenn du sie hören magst.«

Erling setzt sich wieder. »Eine Geschichte? Aber, was ich dir erzählte, ist wirklich so geschehen. Das war keine Geschichte.«

Rolf schlägt mit der Hand aus. »Nein, ich sage nur so: Geschichte. Ich habe sie gelesen – im Buch – also im Buch meines Lebens. Ein unterhaltsames Buch, na. Eine Geschichte aus der Wirklichkeit. Von einem Mädchen, das mich in die Mägdekammer schickte.«

Nun wendet sich Erling langsam um, dem Bette zu. »Du willst nicht sagen –?«

Rolf lächelt. »Daß mir dies auch zugestoßen sei? Du wirst hören. Es war ja nicht genau dasselbe, es sieht vielleicht ganz anders aus. Wie so vieles, was genau gleich ist und doch so verschiedenes Aussehen hat. Es gibt manche Fälle im Leben –.«

»Du willst wohl gar nichts erzählen«, unterbricht ihn Erling ungeduldig.

»Doch, doch. Ich schwatze nur so. Seitdem ich ganz allein bin, habe ich mir angewöhnt, laut vor mich hinzuschwatzen. Ich kann stundenlang daliegen und reden, als ob Besuch da wäre.«

Erling, zusammenzuckend, horcht auf. »Hörtest du nichts? Klopfte nicht jemand an den Fensterladen?«

Auch Rolf lauscht ins Toben des Sturms hinaus. Dann sagt er: »Nein, es war der Wind. Er hat wohl einen Ast geknickt.« Nachsinnend beginnt er zu reden, leise, wie wenn er die Geschichte sich selber erzählte, sich zum hundertstenmal selber erzählte, was er keinem andern Menschen sagen darf. »Ja, wann war es? Ein Jahr mag jetzt verflossen sein; der Baum mag einen Jahresring angesetzt haben, seitdem ich die Begegnung hatte, den Anstoß erlitt, der mich dahin brachte, wo ich heute stehe, – liege. Ich war in die Stadt gefahren. Ich lernte dort zufällig das Mädchen kennen. Ich sage: zufällig, obwohl es ja das Natürlichste und Selbstverständlichste war, daß ich sie kennen lernen mußte, die in meiner Geschichte eine solche Rolle spielen sollte. Ich hatte im Hause ihres Vaters zu tun. Dort, als ich auf ihren Vater wartete – warum kam er nicht sofort? warum ließ er mich warten? – dort trat sie zufällig – nochmals ein Zufall! – trat sie zur Türe herein, vom Garten durch die Glastüre ins Zimmer, wo ich wartete und mir die Bilder an den Wänden anschaute. Muß ich sagen, daß auch ihr Bild an der Wand hing? ein großes Bild, das sie in ihren Kinderreizen unbefangen und weltstaunend schilderte? Ich hatte das Bild nicht näher betrachtet, mir wahrscheinlich keine Gedanken darüber gemacht, und wandte mich nun der Eintretenden etwas überrascht entgegen. Nun müßte ich sagen, wie sie war: ob schön, ob schüchtern, sicher, stolz, ob sie Eindruck auf mich machte, sofort, nachhaltigen, langsam wirkenden. Hier aber bleibt meine Geschichte eben unvollständig, ich meine: wirklich, allzu wirklich. Da jenes Mädchen lebt, kann ich nicht sagen, wie es ist. Ich kann nur erzählen, was vorging. Dieses ging vor: das Mädchen wurde ein wenig rot auf der Stirne, als es mir die Hand reichte; es nannte auch meinen Namen, ehe ich Zeit gefunden oder daran gedacht hatte, mich vorzustellen, und kurz darauf schenkte es mir eine Blume, die ich erst zwischen den Fingern hielt und dann ins Knopfloch steckte. Ich habe doch gesagt, daß es aus dem Garten durch die offene Glastür unerwartet ins Zimmer getreten war? Es trug den ganzen Arm voll Blumen. Ja also –: so war das Mädchen. Du kennst es nicht, darum verschweige ich auch seinen Namen.«

Erling hört zu, erwidert nichts.

Rolf schaut ihn an. »Ich kann ihn dir aber gerne nennen, wenn du willst –?«

Erling wehrt mit der Hand ab. »Nein, nein, ob sie nun so oder anders heißt.«

Rolf fährt empor. »Doch, das hat natürlich viel zu bedeuten. Wie willst du mich verstehen, wenn ich dir nicht alles sage? Ihr Name ist wichtiger, als wenn ich beschreiben würde: sie war hochmütig, oder sie bezauberte mich, mit dem ersten Blick ihrer Augen, oder so etwas.«

Aufmerksam erkundigt sich Erling: »Wie hieß das Mädchen?«

Lächelnd schaut ihn Rolf an, schüttelt den Kopf. »Verzeih, ich kann es nicht sagen. Ich habe seinen Namen nie mit lauter Stimme ausgesprochen; im Traum vielleicht, das weiß ich nicht. – Sei nicht ungeduldig, Erling! Jetzt tritt in meiner Geschichte, um darin fortzufahren, eine Wendung ein, die Wendung nach links, zur Mägdekammer hin. Verstehst du?«

Erling rückt unwillig auf seinem Stuhl hin und her. Er sagt barsch: »Nein. Wie sollte ich? Du erzählst ja nichts.«

Rolf senkt den Kopf. »Ja, es ist wahr. Ich will genauer sein. Ich sah dieses Mädchen nachher noch zwei- oder dreimal, – nein, ich muß ehrlich sein: dreimal reiste ich nachher in die Stadt, unter irgendeinem Vorwand, um es zu sehen. Immer war es freundlich, gut und ruhig zu mir. Blumen –? Nein, Blumen gab es mir keine mehr. Es traf sich nie mehr so. Aber auch kein böses Wort, kein verletzendes Wort. Ich dachte während Wochen oft an das Mädchen; das waren lichte Tage.«

Erling steht ungeduldig auf. »Von einer Wendung sprichst du, von der Mägdekammer. Sie hat dich doch nicht dorthin geschickt? Du sprichst nur gut von ihr.«

Rolf schließt lächelnd die Augen. »Warte nur, warte doch. Ich sagte ja, daß unsere Geschichten, äußerlich betrachtet, einander so ganz unähnlich seien. Nein, so mußt du mich nicht mißverstehen. Im Gegenteil: sie stellte nichts zwischen sich und mich, nicht den geringsten Schatten, keinen Spott, keine Verstimmung. Nicht mehr als den Hauch, der zwischen ihrem und meinem Munde war, wenn wir zusammen sprachen. Sie hatte ja gar nichts nötig, um sich von mir fernzuhalten, keine Wand, keinen Riegel, nicht einmal die leiseste Handbewegung; sie war ohne all das immer fern. Und dann sah sie wohl, daß es mit mir abwärts ging, daß ich sank. Ob es ihr weh tat, dies zu sehen? Darüber kann ich tagelang nachsinnen. Ja? Nein? Ich will, ich will es nicht wissen. – Auf jeden Fall schickte sie mich nicht weg, nicht in die Mägdekammer, – nein, Gott weiß, daß sie das nicht tat.«

»Aber, was denn? wie denn?«, murrt Erling.

Rolf hebt die Hand. »Ja, wie denn?« Er läßt sie sinken, streicht über die rauhe Decke, auf der er liegt, sagt leise: »Ich selber ging hin, siehst du, ich ging hin, ging weg, als ich es nicht mehr ertrug, und verlobte mich mit Dagny.«

Da steht Erling vor der Lagerstatt, auf der ein Mensch, ein Mann lächelnd und schweigend liegt und sich nicht rührt; er starrt auf das ruhige Antlitz und ist selber um jedes Wort verlegen. Er wendet sich mit einem heftigen Rucke weg und stößt hervor: »Ich verstehe das alles nicht. Ich verstehe den Sinn von all dem nicht.«

Langsam richtet Rolf sich auf. Er ist nicht heftig in seiner Stimme, wie er sagt: »Sinn, Sinn –? Wer redet von Sinn? Es ist doch eine Geschichte aus dem Leben, es ist doch Wirklichkeit, was ich erzähle. Du weißt doch, daß ich verlobt war?«

»Ja, ja«, sagt Erling erregt und ballt die Hände. »Warum sprichst du davon? Ich habe kein Wort davon gesagt; ich hütete mich, davon zu reden.«

Hart und finster wird Rolfs Gesicht. Seine Stimme klirrt häßlich. »Nein, kein Mensch hat davon gesprochen, wenn ich zugegen war. Alle dachten nur daran, wenn sie mich sahen. Herrgott, darf denn auch ich nicht davon reden?«

Erling zuckt die Achseln. »Es ist doch nicht –.«

Rolf läßt sich aufs Lager zurückfallen. »Ja, du hast recht. Es ist nicht angenehm. Lassen wir das.« Er dreht das Gesicht gegen die dunkle Wand.

Erlings Fäuste schieben einen Klotz in die Flammen. Knisternd gleitet die Glut über seine weiße, rissige Rinde, spitze Zungen lecken aus ihm heraus in die schwarze Kaminwölbung empor.

Und nun klopft eine Hand an die verschlossene Türe. Ein Fingerknöchel schlägt dreimal ans harte Holz, heftig, ängstlich, heischend.

»Hörtest du?«, fragt Erling flüsternd. »Es steht jemand draußen.«

Rolf rührt sich nicht. »Wer wollte jetzt draußen im Walde sein? Bei diesem Sturm.«

Erling tut zwei Schritte, bleibt stehen. »Ja, – und nicht einfach eintreten?« Er ruft laut: »Ist jemand draußen?« Es bleibt still. Er legt die Hand an die Klinke, drückt sie nieder, reißt die Tür auf. »Komm herein!«

Aber in jähem Erstaunen hebt er beide Hände vor die Brust. Seine Augen sind groß, seine Stimme ist vor Schreck ganz leise. »Hjördis –. Wo kommst du her?«

Aus der regendurchpeitschten Nacht gleitet ein Mensch hervor, ein Mädchen, schreitet Hjördis über die Schwelle, rasch, fast springend, und zurücktaumelnd greifen ihre Hände nach dem Türpfosten hinter sich. Ihre Lippen stammeln: »Rolf –? Ist Rolf nicht hier?«

Auf dem Lager, in der dunkeln Ecke, wendet sich Rolf langsam herum, hebt den Kopf, stützt sich auf den Ellbogen.

Da reckt sie sich empor. Auf ihrer grauen Jacke schimmern Regentropfen, halb gefroren, rollen ihr von den Schultern, vom hochgeklappten Halskragen über die Brust herab, sprühen von ihr weg, aus ihrem bloßen, wirren Haar, wie sie sich regt, wie sie einen Schritt in die Hütte tut. »Ah –«, sagt sie leise. Ihre Augen starren, ohne zu zucken, auf den Mann, der unbeweglich im Dunkel liegt. »Ich verirrte mich. Ich muß um Entschuldigung bitten, daß ich einfach hereinkomme. Ich verlor den Weg im Walde. Ich verirrte mich. Man kann ja nichts sehen in solcher Nacht. Ich erblickte ein Licht hier –.«

Erling knurrt bei der offenen Türe: »Die Fensterläden waren geschlossen. Wie kann man da ein Licht wahrnehmen?«

Sie hört nicht auf seine Stimme, sie sieht ihn nicht an, sie sagt: »Ich dachte, ich dürfte mich erst etwas erwärmen, bevor ich weiter gehe; ich wollte auch nach dem Wege fragen. Ich bitte um Entschuldigung.«

Rolf murmelt: »Keine Ursache.«

Sie fährt rasch mit beiden Händen über die Jacke, schlenkert die Arme von sich weg; die Tropfen spritzen von ihr. »Doch, – doch natürlich. Aber kann ich hier bleiben? Eine Weile? Erlauben Sie?«

Langsam hebt Rolf seine Beine von der Lagerstatt, steht auf und geht zum Kamin. Er stößt mit der Fußspitze das brennende Scheit tiefer in die Glut; auf flackert das Feuer.

Und nun wendet sie sich zu Erling. Nur den Oberkörper dreht sie ihm zu, schaut ihn an, lächelt. »So, du bist also auch hier? Guten Abend.« Sie nickt und kehrt sich wieder von ihm weg.

Mit raschem Griff packt Erling seine Büchse.

Rolf sieht auf. »Du willst doch nicht in die Nacht hinaus gehen?«, fragt er.

»Ich will nach den Spuren sehen. Es liegt ja noch Schnee.«

Hjördis fährt zusammen. Sie blickt vom einen zum andern. Sie zischt: »Nach meinen Spuren? – Geh, such sie nur. Sie kommen von oben her, quer durch den Wald. Ich weiß nicht, wo ich überall gegangen bin. Ich kann es dir nicht sagen.«

Erling erwidert ihr ruhig, während er die Büchse über die Achsel hängt: »Ich gehe talwärts, auf dem kürzesten Weg.«

Sie lacht auf. »Ja, geh, such dort.«

Er wendet sich weg. »Was kümmern mich deine Spuren?«

Sie spottet hinter ihm her: »Ja, was kümmern sie dich? Das möchte ich wissen!«

Erling geht in die Nacht hinaus. Krachend schlägt er hinter sich die Türe ins Schloß. Der Wind hat sich für eine Weile geduckt. Es ist ganz still. Nasse Flocken fallen.

Rolf steht vor Hjördis. »Ziehen Sie Ihre feuchte Jacke aus«, befiehlt er. Ihre blaugefrorenen Finger nesteln an den Knöpfen, streifen die Jacke von Schultern und Armen. »So, wir hängen sie hier ans Feuer. Ihre Schuhe –«, sagt er und blickt nieder. Feuchte Flecken liegen dunkel auf den Holzdielen. »Sie haben ja nur dünne Hausschuhe an den Füßen –? Nein, wie konnten Sie so gehen, durch den Schneebrei? Ziehen Sie sie aus.« Hjördis schiebt mit einem Ruck die Schuhe von den Füßen. »Und Ihr Haar –«, sagt Rolf. »Das Beste wäre –.« Er hebt die Hand, als wolle er es befühlen.

Hjördis weicht einen Schritt zurück. Leise fragt ihr Mund: »Soll ich es lösen?«

Rolf läßt seine Hand sinken. »Ja, ich weiß nicht –.«

Schon fällt es, schwer und feucht, auf ihre Schultern, rollt breit wie ein Mantel über ihren Rücken herab. Sie zittert.

»Nun setzen Sie sich zum Feuer«, drängt er.

»Danke.« Sie rührt sich nicht, wippt nur leise auf den Fußspitzen und Sohlen hin und her. »Ja, wir kennen uns wohl?«, fragt sie.

Er sieht sie nicht an. Er schiebt mit harter Hand einen Stuhl vor das Feuer. Er sagt: »Sie waren beim Tanz in der Johannisnacht. Sie wollten nicht mit mir tanzen.«

»So –?«, fragt sie erstaunt und legt den Kopf etwas zurück. Dann geht sie zum Kamin, setzt sich auf den Stuhl und streckt Hände und Füße gegen die warme Glut.

Rolf zieht sich zum Lager zurück. »Wollen Sie etwas essen?«

Sie schüttelt den Kopf. Sie starrt in die flackernden Flammen.

Tief im Walde, der in dieser Nacht dem Sturme des Spätherbstes trotzt, tief im Walde brennt ein Feuer, prasselt und knistert, gibt Wärme, Licht und Ruhe. Ein Funke glüht still im rasenden Sturm, in der trostlosen Nacht. Um das Feuer herum ist ein Menschenhaus gebaut, eine Hütte, ein Schutz, eine Geborgenheit.

Draußen faucht der Wind und schnaubt in die Ritzen, kratzt sich die Klauen wund an den Balken, die Menschenhände gefügt haben. Drinnen sitzen zwei Geschöpfe, schlagen zwei Herzen, starren zwei Augenpaare. Um sie herum die Stille, dann der Sturm, der Wald, der Spätherbst, dann die Welt. Sie sitzen wie in einer Nußschale; eine Riesenhand hält sie, und darin verschwindet die Schale wie ein Sandkorn in einer Hautrille.

Hjördis murmelt leise in die flackernde Flamme hinein, und dennoch heftig: »Sie schauen mich an, – ich spüre es. Sie sollen mich nicht so anschauen. Sie finden es vielleicht – seltsam, daß ich –. Aber ich bin wirklich irre gegangen, lange im Regen und Schnee gegangen, wirklich.«

Rolf spricht vor sich hin, zu den leise flatternden Haaren, die wie ein Schleier um die Schläfen des Mädchens hangen: »Nein, seltsam finde ich es gar nicht. Ich hatte oft solchen Besuch hier oben, unerwarteten. Seit ich hier liege, kam manchmal solcher Besuch zu mir. Ich bin daran gewöhnt.« Hjördis wendet langsam den Kopf. Ihre Augen sind groß, sind voll Frage. »Wir sprechen zusammen ganz leise, – denn es ist manchmal so still hier in den Wäldern, – und dann geht sie wieder und läßt mich allein zurück, noch mehr allein. Ilselil, – müde war sie einmal und kauerte beim Kamine nieder, ja, dort, wo du deine schmalen Füße aufstemmst. Sie öffnete auch ihr Haar, aber es hing um sie wie ein langer Mantel; bis zu den Fußknöcheln herab hing es, als sie dort kauerte.« Er fährt plötzlich empor, seine Hände fassen die Lagerkante, er ruft gedämpft: »Ich habe sie weggeschickt, Ilselil, und ihr verboten, wiederzukommen. Wer bist nun du?«

Wie von der Flamme aufgejagt steht Hjördis da. »Rolf, – bist du krank?«

Er lacht und legt sich zurück. »Nehmen Sie Platz, Fräulein Hjördis, nehmen Sie ruhig wieder Platz. Ich bin – ich bin wohl etwas aus der Gewohnheit gekommen, Menschen zu sehen, Menschen mit schmalen Füßen und – es war nur Ihr feuchtes Haar.« Er dreht sich gegen die Wand, zieht die Kniee empor, bettet den Kopf im Armbogen.

Hjördis bückt sich; ihre Finger fassen spitz die Flasche, heben sie vom Boden auf, stellen sie weg. Sie schaut auf Rolf, schaut in den Kessel, der über dem Feuer schwebt, und sagt leise: »Sie sollten nicht den eklen Branntwein trinken.« Lauter dann, da er schweigt: »Ich sage, Sie sollten nicht Branntwein trinken.«

Er regt sich nicht, er lacht nur: »Nein, natürlich nicht.«

»Sie sollten überhaupt nicht hier oben liegen, in dieser Hütte, in den Wäldern, im Herbststurm.«

»Nein, auch das vielleicht nicht«, höhnt er.

Heftig sie: »Wie ein angeschossenes Wild, das sich zum Verrecken verkriecht.« Sie tritt an das Lager, ihre Arme hangen eng am schmalen Leib herab. »Und nicht Besuche empfangen von Ilselil und solchen Gästen.«

»Nein, nein, ich sollte nicht«, lacht er gereizt.

»Es ist so feig –«, flüstert sie.

Er schnellt mit Kopf und Knien herum. »Hjördis –!« Sie weicht zurück. »Setzen Sie sich doch zum Feuer und trocknen Sie Ihre nassen Haare und lassen Sie mich in Frieden liegen. Sehen Sie, ich drehe mich gegen die Wand, ich bin gar nicht da, – kümmern Sie sich nicht um mich.«

Hjördis sitzt wieder vor der Flamme; ihr Kinn ruht in den hohlen Händen, ihre Arme stützen sich auf die Kniee. Nach einer Weile klingt wieder ihre Stimme durch den flackerig erhellten Raum. »Sie sagen, drunten im Tal: er liegt in einer Hütte, weil er niemand in die Augen schauen mag, – er hat nicht den Mut dazu. Er wagt nicht mehr, unter uns zu leben.«

»Es ist wahr, es ist ganz wahr«, flüstert Rolf.

Sie schüttelt den Kopf. »Das werden sie nun nicht mehr sagen.« Und leise beginnt sie zu lachen. »Nein, nun wird keiner mehr so sprechen.«

Langsam, wie aus dem Schlafe erwachend, regen sich Rolfs Glieder. Er setzt sich aufrecht hin; er fragt, fast erschrocken: »Hjördis, warum kamst du herauf zu mir?«

So einfach und klar ist ihre Stimme: »Weil du mich riefst.«

»Ich rief dich nicht. Ich rief dich nie. Ich habe deinen Namen nicht ausgesprochen.«

»Riefst du nie nach Ilselil, – nach ihr, die im Walde herumstreift mit den Jägern und bei den Holzfällern wohnt, wenn sie wochenlang weit weg sind von allen Menschen?«

Seine Antwort stockt. »Ilselil? – Nein, ich schickte sie weg. Ich verfluchte sie und verbot ihr, über meine Schwelle zu treten.«

Leise klagt ihre Stimme. »Es stürmt draußen. Das Haus ist da für alle, die im Sturme gehen. Ich konnte nicht zurück. Ich wäre im Schnee liegen geblieben.«

»Kind, Kind –«, flüstert Rolf. »Kamst du mit Willen hier herauf? Du gingst nicht irre. Du hast gelogen.«

Hjördis senkt den Kopf; die Haare fallen strähnig über ihre Finger. »Ich ging vielleicht irre, – wer weiß? Der rechte Weg war es wohl nicht. Aber ich ging ihn doch. Und morgen werde ich wieder hinuntersteigen und es ihnen sagen.« Jäh fliegen ihre Haare zurück, ihre Stirne leuchtet im Schein der Flamme. »Ich werde ihnen sagen: ja, ich war bei ihm, droben in den Wäldern!«

»Niemand wird dir glauben.«

»Mir? Doch, mir glauben sie es schon, – dies werden sie mir glauben müssen. Sie werden meine zerrissenen Schuhe sehen und mein zerzaustes Haar, und ich werde singen. Hat mich nicht Erling hier gesehen? Ihm werden sie glauben.«

Rolf zuckt die Achseln. »Aber warum? Warum dies alles? Man wird dich auslachen und deinen tollen Streich, wie man lacht über deine Fahrten mit dem Ziegenbockschlitten. Du bringst dich ins Gelächter und Gerede des Volks. Vielleicht suchst du das –.«

Ihre Stimme wird leiser. »Ich sage ihnen: er hat mir aus den Wäldern Botschaft gesandt, im geheimen hat er mir befohlen, zu ihm hinaufzukommen, und da mußte ich gehen. Das werde ich sagen.«

Noch einmal fährt er auf. »Aber das ist nicht wahr. Das ist ja ganz –.«

Sie hebt die Hand gegen ihn. »Du wirst es ihnen nicht sagen, daß ich gelogen habe. Nein, du nicht. Und wer würde dir glauben?«

Er starrt sie an. Er sinkt langsam zurück. Er stöhnt: »Mich kümmert ja gar nicht, was sie drunten reden und denken. Nein, ich werde schon schweigen.«

Da springt sie jubelnd auf. »Das wollte ich hören, aus deinem Munde hören! – Er ist gar nicht so, wie ihr ihn euch denkt; hat er nicht mir, ja mir befohlen, zu ihm zu kommen? Und mußte ich nicht gehen, in die Wälder hinauf, in die Einsamkeit des Sturms, zu ihm? Sie werden schweigen müssen, schweigen um dich; und wenn sie wieder reden von dir, so wird es auch von mir sein, von uns beiden, und sie werden es nicht fassen können.«

Rolf geht lauschend durch die Hütte. Seine schweren Schuhe dröhnen auf den Holzfliesen. Seine Hände fassen da und dort die Gegenstände, lassen sie wieder los, öffnen und schließen sich suchend. »Also das war es, das –. Laß mich denken. Ich höre dich reden, sehe dich, du bist hier. Darum? Nein, nein, tue das nicht! Du darfst es nicht tun. Ich will es nicht haben. Geh fort, geh heim, noch jetzt in der Nacht. Niemand hat dich gesehen. Du gingst irre, du kamst zufällig zu meiner Hütte, du trafst Erling und mich, aber du wolltest nicht hier bleiben, du flohst weg, fort aus meiner Nähe.« Er packt sie an den Handgelenken. »Geh, ich befehle es dir. Geh! Ich bitte dich, Hjördis.«

Sie entwindet sich ihm, wirft die Arme empor, wirbelt herum wie eine Flamme, tanzend, lachend, jubelnd. »Nein, ich geh nicht; ich bleibe, bis es Tag wird!« Sie steht schwebenden Leibes beim Lager, bei der harten, dunkeln Lagerstatt, und beugt sich langsam über die zerknüllte Decke; ihre Hände streicheln die Falten, glätten sie. »Hier liegst du; seit Wochen liegst du hier. Ich weiß, Tag und Nacht liegst du hier, du gehst kaum vor die Hüttentür hinaus; du lauschest auf das Sausen und Singen der Bäume, wenn der Wind den Schnee von den Aesten wirft, du erwartest den Abend, der langsam kommt, und den Morgen, der spät heraufdämmert, du liegst und liegst und lauschest. Hier, auf diesen harten Tannenzweigen.« Ihre Hände tasten über das Lager, ihr Leib sinkt vornüber. »Ich war zweimal bei der Hütte und schaute durchs Fenster hinein. Du rührtest dich nicht. Ich schlich wieder weg. Ich fürchtete, du möchtest aufsehen, gerade durch das Fenster auf mich blicken und mich mit deinem Blick wegweisen. Du hörtest meine Schritte nicht im Sausen des Windes.«

Rolf setzt sich auf die Kaminplatte nieder. Er flüstert: »Ilselil –.«

Sie zuckt herum, richtet sich auf. »Rufst du – rufst du mich?« Sie huscht vom Lager, springt in den Lichtkreis, kauert sich neben Rolf nieder, seine Wärme suchend. Sie murmelt singend: »Hier sitzt Ilselil, die im Sturm durch die finstern Wälder gegangen ist und dich gesucht hat. Du weißt nicht, wie dunkel es draußen ist; nicht einmal der Schnee leuchtet mehr. Und Tür und Fenster hattest du verriegelt, kein Lichtstrahl dringt in die Nacht hinaus. Und doch fand Ilselil den Weg, den Weg ans Feuer. Sieh, ich kann meine Hand ins Feuer halten!« Weiß fährt ihr Arm in die Flamme. Rolf reißt ihn zurück, legt seine rauhen Hände über ihre zuckenden Finger. »Wie sind deine Hände heiß«, sagt er und streichelt über sie hin.

Sie senkt den Kopf, sinkt zusammen, wirft ihre Stirne in seinen Arm. »Ich friere«, stöhnt sie. »Ich ging tief im Schnee, ich kam vom Wege ab; ich glaube, ich blieb eine Weile liegen.«

Aus ihren feuchten Haaren steigt leiser Duft. Rolfs Blicke gehen über sie hinweg in die Dunkelheit, die groß und schweigend an der Wand steht. Seine Lippen flüstern: »Arme Ilselil, arme, arme Ilselil – .«

Sie schmiegt sich näher an ihn, an seine Kniee und Arme, und wendet lächelnd den Kopf empor. »Mir ist wohl. Denk dir, nun weiß kein Mensch drunten im Tal, wo Ilselil weilt. Nur Erling, der grobe Erling. Und er ging in die Nacht hinaus. – Wie schön du es hier oben hast. Du liebst die Wälder, die um dich herum sind. Du hörst auf ihre Stille wie auf ihren Sang, und beide verstehst du gleich gut. Erzähl mir davon, sag mir, was die Bäume sprechen!«

Er schweigt. Er schaut über ihr blankes Gesicht hinweg in die Dunkelheit, die breit über den Boden herankriecht, und fragt: »Ilselil, gehst du zu allen, die dich rufen?«

Ihre Lippen öffnen sich. »Nicht alle rufen mich beim rechten Namen.«

»Doch die ihn nennen, denen folgst du, – allen?«

Sie schließt die Augen. Ihre Zähne schimmern. »Ich weiß es nicht. Es rufen so viele, – und manchmal ist mir, als sei es immer derselbe, er, der ruhelos durch die Wälder geht. Ich weiß es nicht.« Rot schließen sich ihre Lippen, eine Wunde im weißen Antlitz.

Rolf blickt über ihren ruhig atmenden Leib hinweg in die Dunkelheit, die sie rings umschließt wie eine Mauer. Er fragt: »Und allen bist du untreu, Ilselil?« Sie rührt sich nicht, ihre Lippen zucken nicht, ihre Augen bleiben reglos verborgen. »Du gehst durch Sturm und Schnee. Du bist so stolz, daß du den Stolz ruhig von dir werfen kannst wie ein Kleid, so wild, daß du dein Knie in Demut beugen und deinen Nacken unterwürfig neigen kannst, aber Treue findet sich nicht in dir, Ilselil.«

Hjördis öffnet die ruhigen Augen. »Treue –? Ich weiß nicht, was das ist.«

»Nein, du weißt es nicht. Arme, arme Ilselil. – Soll ich dir erzählen, was ich in den langen Tagen und Nächten mir selber tausendmal erzählt habe, während ich dem Atem des Waldes lauschte?«

Sie lächelt. »Erzähltest du dir von der Treue?«

Er blickt nicht auf sie, nicht auf ihren spöttischen Mund; er blickt in die Dunkelheit, aus der ihre Körper in das Licht der Flamme aufsteigen. »Nein«, sagt er leise, »nein, von der Liebe. Es gibt so viele Arten von Liebe, wie der Wald Sprachen und Gesänge hat.«

Sie schüttelt leicht den Kopf auf seinen Knien. »Soviele –? Nein, es gibt eine Liebe: so wie Ilselil liebt.«

Er wiegt ihren Leib langsam hin und her. »Arme, arme Ilselil«, flüstert er. »Ich kenne ein Mädchen, weit, weit weg von hier, – nein, vielleicht kenne ich es gar nicht, aber es könnte ja irgendwo leben, und von ihm erzähle ich mir. Von seiner Liebe, die weder wild noch stolz ist, weder unterwürfig noch demütig, nur treu, nur treu. Ich erzählte mir, das Mädchen liebe mich, gerade mich, – ja, warum nicht mich? Aber ich weiß nichts davon, ich kann ihm nicht danken, ihm nicht die Hand auf sein Haar legen, ich kann nicht einmal so-

viel als Dank für seine Liebe tun, daß ich seine Treue auf die Probe
setze. Aber es liebt mich doch, ob ich gleich will oder weiß oder
fühle –: das ist die Treue. Liebe, die ist wie des Waldes tausend
Gesänge: Sturm und Sausen und Schweigen, so vielfältig und von
mancher Art. Auch Schweigen –.«

Er kehrt mit seinem Blick aus der Dunkelheit zurück in die Helle
ihres Gesichtes. Ihre Augen stehen offen. Sie sind voll Tränen.

»Ich kenne nur meine, nur Ilselils Liebe«, sagt sie.

Und nun fühlt er, wie ihr Körper sich plötzlich strafft, wie ihre
Glieder sich spannen, aufschnellen. Sie springt vom Boden empor,
ihre Hände zucken zwischen seinen Fingern. »Wo lebt sie? Du
kennst das Mädchen, von dem du erzähltest.«

Er lehnt sich zurück, weicht ihrem Blicke aus, wehrt ab: »Nein,
nein –.«

Sie reißt ihre Arme an sich, steht hoch und schlank, und ihre
Stimme fordert: »Geh, geh zu ihr! Warum liegst du hier und verblu-
test? Geh, sie wird dir helfen. Hier liegst du und rufst nach Ilselil,
und wenn sie kommt, verhöhnst du sie. Du denkst doch nur an die
andere. Geh –.«

Er hebt bittend die Hände zu ihr empor. »Was sagst du? Weißt
du, was du sagst?« Er steht auf, tritt in den Schatten, als wolle er
sich bergen.

Sie stampft heftig auf. »Bist du nicht frei? Kannst du nicht gehen,
wohin du willst? Wohin du mußt? Und liegst hier und liegst – o!«
Sie reißt ihre Jacke von der Stuhllehne, schlüpft in ihre zerfetzten
Schuhe, und während sie sich vor dem Kamin bückt, knirscht sie:
»Soll ich ein Scheit aus dem Feuer reißen und es in die Tannenzwei-
ge auf deinem Lager werfen, daß dir alles, deine letzte Zuflucht,
dein Schlupfloch in Flammen aufgehe? Feigling –.«

Aus dem Schatten kommt seine Stimme, und sie ist ruhig und leise. »Wie des Waldes tausend Gesänge ist die Liebe: Sturm und Sausen und Schweigen. Jedes hat seine Zeit.«

Hjördis läßt die Arme, die sie nach ihm gereckt, langsam sinken.
Ihr Kopf neigt sich. So steht sie eine Weile vor dem Feuer, dunkel,

schmal, schwankend. Dann geht sie zur Türe. Dann ist sie draußen in der Nacht.

Der Schnee fällt flockig aus ruhig ziehenden Wolken über die verstummten Wälder.

Über tredition

Eigenes Buch veröffentlichen

tredition wurde 2006 in Hamburg gegründet und hat seither mehrere tausend Buchtitel veröffentlicht. Autoren veröffentlichen in wenigen leichten Schritten gedruckte Bücher, e-Books und audio-Books. tredition hat das Ziel, die beste und fairste Veröffentlichungsmöglichkeit für Autoren zu bieten.

tredition wurde mit der Erkenntnis gegründet, dass nur etwa jedes 200. bei Verlagen eingereichte Manuskript veröffentlicht wird. Dabei hat jedes Buch seinen Markt, also seine Leser. tredition sorgt dafür, dass für jedes Buch die Leserschaft auch erreicht wird.

Im einzigartigen Literatur-Netzwerk von tredition bieten zahlreiche Literatur-Partner (das sind Lektoren, Übersetzer, Hörbuchsprecher und Illustratoren) ihre Dienstleistung an, um Manuskripte zu verbessern oder die Vielfalt zu erhöhen. Autoren vereinbaren direkt mit den Literatur-Partnern die Konditionen ihrer Zusammenarbeit und partizipieren gemeinsam am Erfolg des Buches.

Das gesamte Verlagsprogramm von tredition ist bei allen stationären Buchhandlungen und Online-Buchhändlern wie z. B. Amazon erhältlich. e-Books stehen bei den führenden Online-Portalen (z. B. iBookstore von Apple oder Kindle von Amazon) zum Verkauf.

Einfach leicht ein Buch veröffentlichen: **www.tredition.de**

Eigene Buchreihe oder eigenen Verlag gründen

Seit 2009 bietet tredition sein Verlagskonzept auch als sogenanntes "White-Label" an. Das bedeutet, dass andere Unternehmen, Institutionen und Personen risikofrei und unkompliziert selbst zum Herausgeber von Büchern und Buchreihen unter eigener Marke werden können. tredition übernimmt dabei das komplette Herstellungs- und Distributionsrisiko.

Zahlreiche Zeitschriften-, Zeitungs- und Buchverlage, Universitäten, Forschungseinrichtungen u.v.m. nutzen diese Dienstleistung von tredition, um unter eigener Marke ohne Risiko Bücher zu verlegen.

Alle Informationen im Internet: **www.tredition.de/fuer-verlage**

tredition wurde mit mehreren Innovationspreisen ausgezeichnet, u. a. mit dem Webfuture Award und dem Innovationspreis der Buch Digitale.

tredition ist Mitglied im Börsenverein des Deutschen Buchhandels.

Dieses Werk elektronisch lesen

Dieses Werk ist Teil der Gutenberg-DE Edition DVD. Diese enthält das komplette Archiv des Projekt Gutenberg-DE. Die DVD ist im Internet erhältlich auf **http://gutenbergshop.abc.de**